STAR WARS

ERSTES BUCH:

ULIC QEL-DROMA UND DIE TIERKRIEGE VON ONDERON

Text: Tom Veitch
Zeichnung: Chris Gossett
und Mike Barreiro

Vor Jahrtausenden ließ die Entdeckung des überlichtschnellen Hyperraumflugs die Galaxis zusammenwachsen. Eine demokratische Union von Sonnensystemen entstand und etablierte sich als Galaktische Republik. Sie wurde schnell größer und umfaßte schon nach einigen Jahrhunderten eine riesige Anzahl bewohnter Welten.

Das Überleben der Republik war von zwei Faktoren abhängig: der klugen Herrschaft selbstloser Verwaltungsbeamter und Gesetzgeber… und der Bewahrung der Harmonie und Gerechtigkeit durch eine heldenhafte Bruderschaft von Kriegern… den Jedi-Rittern.

In dieser ruhmreichen alten Zeit unterwarfen sich zahlreiche Wesen, die für die *Macht* empfänglich waren, der harten Ausbildung unter erfahrenen Jedi-Meistern und erlernten den Umgang mit den Waffen, dem Wissen und der Macht der Jedis.

Ihre geheime Geschichte ist im Jedi-Holocron aufgezeichnet – Berichte aus einer Epoche, als die Jedi-Ritter zahlreich und mächtig waren!

DIE TUNDRA-WELT ARKANIA... HIER ZIEHEN ABENTEURER UND PROFITMACHER DIAMANTEN VON MELONENGRÖSSE AUS DEM KERN DES PLANETEN...
WEIT VON DEN MINENHÄFEN ENTFERNT, TIEF IN DER UNGASTLICHEN WILDNIS, HAT EIN JEDI-MEISTER NAMENS ARCA EIN AUSBILDUNGSLAGER FÜR JEDI-RITTER GEGRÜNDET. SEIN FURCHTLOSESTER SCHÜLER IST ULIC QEL-DROMA
GUTE RIPOSTE, ULIC!
ACH, CAY... DIESER TRAININGSDROIDE IST ALT UND LANGSAM.
... JEDER ANFÄNGER KANN SEINE ZÜGE VORAUSAHNEN!
SHRUUNNG!
GUT GEMACHT!
ABER HALTE DEINE GEDANKEN BEI DER MACHT, ULIC!
EINIGE MEINEN, ULIC QEL-DROMA SEI ARROGANT...

...ABER DIE, DIE DEN JUNGEN JEDI WIRKLICH KENNEN, SAGEN, ER SEI LEDIGLICH VON GRENZENLOSER KÜHNHEIT BESESSEN.
HHYYAA!
MANCHMAL GENÜGT KÜHNHEIT NICHT.
PWEE-KRAMM!
ULIC!
DER MUT DEINES BRUDERS TRÜBT SEINEN GEIST.
HÄTTE DIESER TRAININGS-DROIDE TÖDLICHE WAFFEN BENUTZT, WÄRE ICH JETZT EINE VERKOHLTE LEICHE.
TOTT DONEETA SPRICHT WEISE, ULIC. EIN JEDI BRAUCHT MEHR ALS NUR MUT...
ÜBERMÄSSIGE ZUVERSICHT HAT SCHON VIELE ERFAHRENE KRIEGER INS VERDERBEN GEFÜHRT.
DIE MACHT MUSS DEINE STÄRKE SEIN!
DU HAST RECHT... WIE IMMER, MEISTER ARCA...

KOMM SCHON, CAY ... ISS ETWAS. HAST DU KEINEN HUNGER ?
IMMER MIT DER RUHE, ULIC ...
ICH MUSS ERST DEN NAHKAMPFTRAINER REPARIEREN.
SETZ DICH UND ISS ETWAS NUSSFLEISCH ... MEISTER ARCA ERZÄHLT UNS EINE GUTE GESCHICHTE !
SETZ DICH, CAY. DER DROIDE KANN WARTEN.
WIE ICH SCHON ERZÄHLT HABE, WUCHS DIE REPUBLIK WEITERHIN. JEDEN TAG WURDEN NEUE SYSTEME ENTDECKT.
GALAKTISCHE FORSCHER HABEN VOR KURZEM VERBINDUNG MIT ONDERON HERGESTELLT, EINER HALBZIVILISIERTEN WELT, DIE GERADE DIE RAUMFAHRT ENTDECKT.
„DAS SYSTEM ONDERON BESTEHT AUS EINER GELBEN SONNE UND DREI PLANETEN, VON DENEN NUR EINER INTELLIGENTES LEBEN TRAGEN KANN.“
„DIESE WELT, DIE DEM GESAMTEN SYSTEM DEN NAMEN GIBT, HAT VIER MONDE IN STÄNDIG WECHSELNDEN UMLAUFBAHNEN.“

„DER GRÖSSTE MOND, DXUN, HAT EINE EIGENE ATMOSPHÄRE. AUF DXUN HERRSCHT GEOPHYSIKALISCHES CHAOS."
„DIE WESEN, DIE SICH DORT ENTWICKELT HABEN, SIND MONSTRÖS, ÄUSSERST WILD UND GEFÄHRLICH."
„VOR ÄONEN HABEN SICH DIE ATMOSPHÄREN VON ONDERON UND DXUN WÄHREND DER SOMMERPHASE DES MONDJAHRS IMMER KURZ BERÜHRT."
„ZU JENER ZEIT LERNTEN EINIGE DXUN-SPEZIES, DEN BESCHRÄNKUNGEN IHRES MONDES ZU ENTKOMMEN, UND WANDERTEN AUF DEN PLANETEN ONDERON AUS."

HÖRE MIR LIEBER ZU, CAY. ES IST WICHTIG.
ULIC... ERKLÄRE DEINEM BRUDER, DASS ES UNHÖFLICH IST, SEIN LICHTSCHWERT ZU REPARIEREN, WENN EIN MEISTER MIT EINEM SPRICHT.
ICH REPARIERE ES NICHT... ICH STELLE DIE KLINGE EIN!
„ZU JENER ZEIT WAR ONDERON EINE JUNGE WELT UND WURDE VON PRIMITIVEN STÄMMEN BEWOHNT."
„DIE FRIEDLICHEN ONDERONER WAREN AUF DIE ÜBERSIEDLUNG DER TIERE VON DXUN ÜBERHAUPT NICHT VORBEREITET."
„FÜR DIE TIERE VON DXUN WAREN DIE ONDERONER DIE PERFEKTE BEUTE... LEICHT ZU JAGEN!"

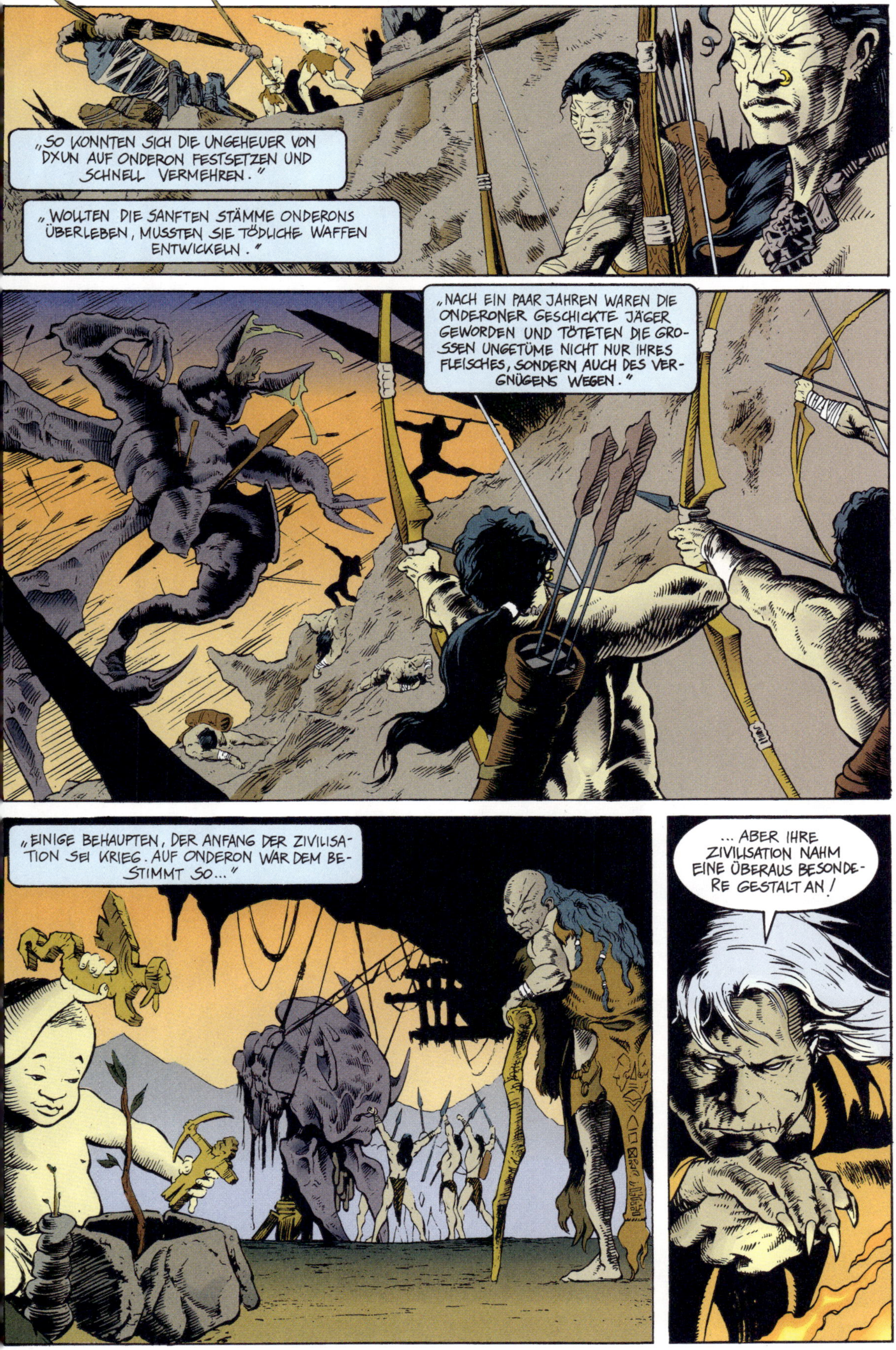
„SO KONNTEN SICH DIE UNGEHEUER VON DXUN AUF ONDERON FESTSETZEN UND SCHNELL VERMEHREN."
„WOLLTEN DIE SANFTEN STÄMME ONDERONS ÜBERLEBEN, MUSSTEN SIE TÖDLICHE WAFFEN ENTWICKELN."
„NACH EIN PAAR JAHREN WAREN DIE ONDERONER GESCHICKTE JÄGER GEWORDEN UND TÖTETEN DIE GROSSEN UNGETÜME NICHT NUR IHRES FLEISCHES, SONDERN AUCH DES VERGNÜGENS WEGEN."
„EINIGE BEHAUPTEN, DER ANFANG DER ZIVILISATION SEI KRIEG. AUF ONDERON WAR DEM BESTIMMT SO..."
... ABER IHRE ZIVILISATION NAHM EINE ÜBERAUS BESONDERE GESTALT AN!

ÄONEN VERGINGEN. DIE STAMMESKULTUR ENTWICKELTE SICH ZU WAHRER ZIVILISATION.
WEGEN DER MONSTRÖSEN SPEZIES VOM MOND DXUN BILDETE SICH AUF ONDERON EINE EINZIGE RIESIGE STADT MIT GEWALTIGEN MAUERN ...
„... EINE STADT, DIE JAHRHUNDERTELANG WUCHS UND ZU EINER MONUMENTALEN FESTUNG WURDE, DIE MEHREREN MILLIONEN BEWOHNERN SCHUTZ BOT."

„SCHLIESSLICH DEHNTE SICH DIE STADT AUF FAST ZWEITAUSEND QUADRATKILOMETERN AUS UND ERSTRECKTE SICH MEHRERE KILOMETER TIEF IN DIE KRUSTE DES PLANETEN."
„ALLES AUSSERHALB IHRER MAUERN ... ALSO DER GESAMTE REST DES PLANETEN ... WAR EINE WILDNIS, IN DER PRIMITIVE GEWALT HERRSCHTE."
„DIE ONDERONER ENTWICKELTEN DEN BRAUCH, DIE GESETZESBRECHER DER GROSSEN STADT IN DIESE WILDNIS ZU VERSTOSSEN."
„ZUERST SORGTEN DIE UNGETÜME VON DXUN FÜR DEN SCHNELLEN TOD DER ONDERONISCHEN AUSGESTOSSENEN ..."
„DOCH MIT DER ZEIT ERGABEN SICH UNVORHERGESEHENE KONSEQUENZEN FÜR DIE MIT DER MAUER UMGEBENE STADT."

„ES ERSCHEINT EINEM FAST UNVERMEID-LICH: DIE AUSGESTOSSENEN LERNTEN, IN DER WILDNIS ZU ÜBERLEBEN UND DIE BESTIEN ZU UNTERWERFEN."
„EINIGE WURDEN ZU MÄCHTIGEN KRIEGSHERREN, DIE ÜBER RIESIGE HEERE GEFÄHRLICHER GESCHÖPFE VERFÜGTEN. UND ONDERON WURDE ZU EINER GETEILTEN WELT..."
„... ZU EINER WELT, AUF DER NUN PERMANENT KRIEG GEFÜHRT WURDE."

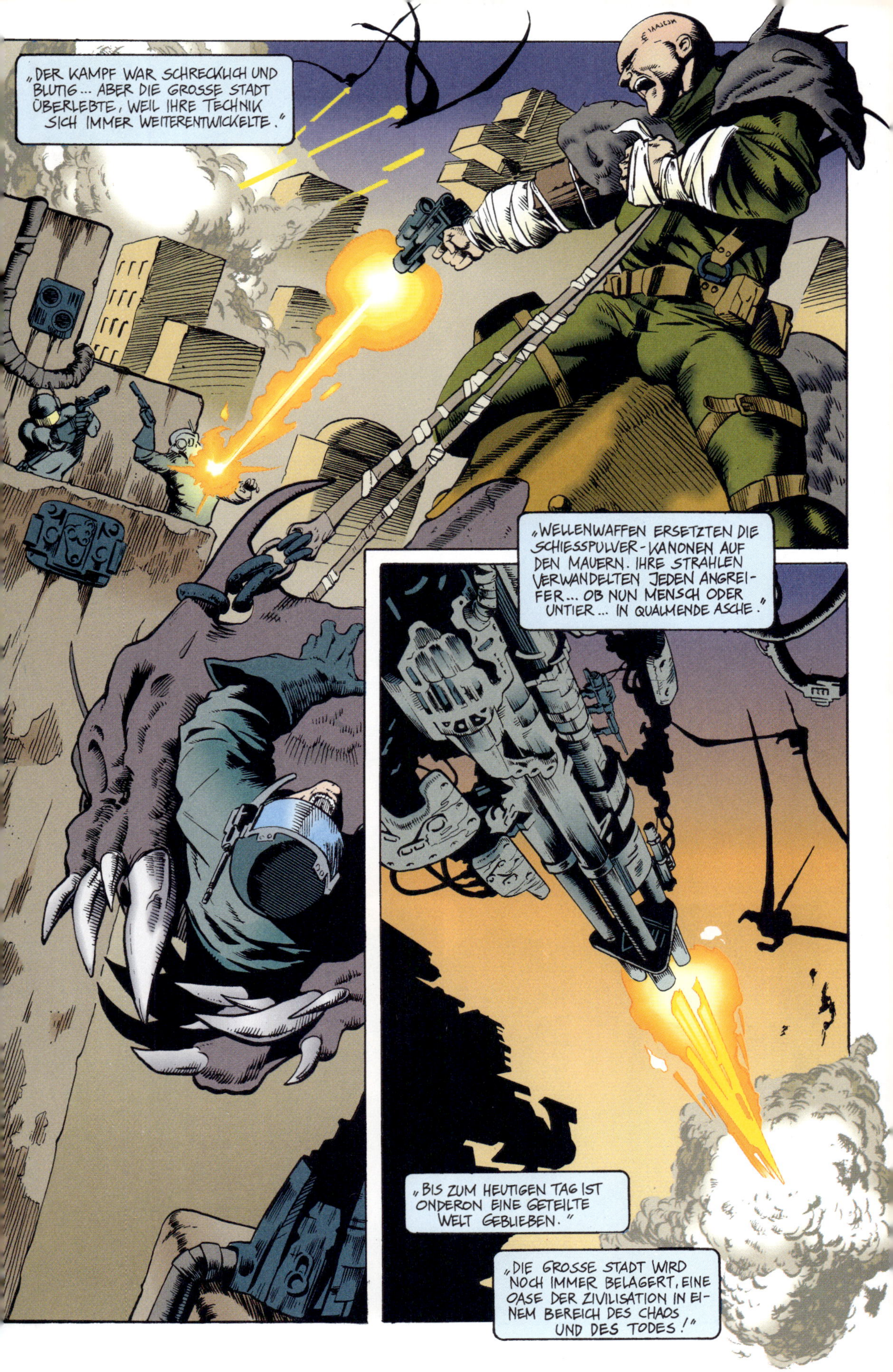
„DER KAMPF WAR SCHRECKLICH UND BLUTIG... ABER DIE GROSSE STADT ÜBERLEBTE, WEIL IHRE TECHNIK SICH IMMER WEITERENTWICKELTE."
„WELLENWAFFEN ERSETZTEN DIE SCHIESSPULVER-KANONEN AUF DEN MAUERN. IHRE STRAHLEN VERWANDELTEN JEDEN ANGREIFER... OB NUN MENSCH ODER UNTIER... IN QUALMENDE ASCHE."
„BIS ZUM HEUTIGEN TAG IST ONDERON EINE GETEILTE WELT GEBLIEBEN."
„DIE GROSSE STADT WIRD NOCH IMMER BELAGERT, EINE OASE DER ZIVILISATION IN EINEM BEREICH DES CHAOS UND DES TODES!"

GEMÄSS UNSEREM SCHWUR AUF DIE REPUBLIK TEILEN DIE JEDI-RITTER JEDEM NEU ENTDECKTEN SYSTEM EINEN AUS IHREN REIHEN ALS WÄCHTER ZU.
HEUTE WURDE MIR DER SCHUTZ DER ONDERON-WELTEN ÜBERTRAGEN.
WIRST DU UNS... VERLASSEN, MEISTER ARCA? ODER WIRST DU UNS MITNEHMEN?
ICH NEHME EUCH *NICHT* MIT, ULIC... DENN *ICH* BLEIBE HIER.
IHR WERDET NACH ONDERON GEHEN!
WAS...?
DIE DREI JUNGEN JEDIS SIND VON DER ANKÜNDIGUNG IHRES MEISTERS VÖLLIG VERBLÜFFT. NUR LANGSAM DÄMMERT ES IHNEN...
NACH JAHREN DER AUSBILDUNG WERDEN SIE ENDLICH EINE ERSTE MISSION ANTRETEN!

DIE ONDERONER HABEN UNS GEBETEN, IHREN SEIT JAHRHUNDERTEN ANHALTENDEN KRIEGSZUSTAND ZU BEENDEN.
SIE WERDEN WOLLEN, DASS IHR FÜR SIE KÄMPFT. ABER VERGISS NICHT, ULIC, DIE JEDIS BRINGEN FRIEDEN. BENUTZE DEINE WAFFEN NUR ALS LETZTEN AUSWEG.
WIR WERDEN IN DEINEM SINNE HANDELN, MEISTER. DOCH BEHALTE DU UNS IN DEINEN GEDANKEN!
IN DER STÄRKE DER MACHT WERDE ICH BEI DIR SEIN, ULIC. ABER DIR STEHT NUN EINE PRÜFUNG DEINER RITTERSCHAFT BEVOR.
DU UND DEINE GEFÄHRTEN... IHR MÜSST DIE SCHWIERIGKEITEN, DENEN IHR BEGEGNET, SELBST BEWÄLTIGEN!
MÖGE DIE MACHT MIT EUCH SEIN!
SO LIESSEN ULIC QEL-DROMA, SEIN BRUDER CAY UND DER TWI'LEK TOTT DONEETA IHREN MEISTER AUF ARKANIA ZURÜCK...
...UND FLOGEN IN IHREM SCHIFF, DER NEBULON RANGER, DURCH DIE GALAXIS NACH ONDERON, UM AUF DIESER VOM KRIEG ZERRISSENEN WELT EINEN JEDI-VORPOSTEN ZU ERRICHTEN...

DIE NEBULON RANGER VERLÄSST DEN HYPERRAUM, KREUZT DIE UMLAUFBAHN DES MONDES DXUN, UMKREIST DEN PLANETEN ONDERON UND SEINE WILDEN URWÄLDER...
... UND NIMMT KURS AUF DIE ALTE STADT IZIZ.
ICH HABE EINEN SCHWARM RIESIGER VÖGEL IN DER ORTUNG, ULIC!
DEFLEKTORSCHILDE AUFBAUEN, TOTT! ICH BRINGE DIE RANGER UM WEITERE TAUSEND METER RUNTER...
GUT, ULIC.

DAS IST VERRÜCKT! DER SCHWARM BEHÄLT SEINEN KOLLISIONSKURS BEI!
WARTET... ICH HABE SICHTKONTAKT... DAS SIND KEINE VÖGEL!
DAS SIND BESTIEN-REITER!
DIE DEFLEKTOREN HALTEN... ICH ERWIDERE DAS FEUER!
NEIN! MEISTER ARCA WILL, DASS WIR HIER FRIEDEN STIFTEN!
WIR FLIEGEN DURCH DEN SCHWARM, OHNE EINEN SCHUSS ABZUGEBEN.
FUNK DIE STADT AN! TEILE IHR MIT, DASS WIR REINKOMMEN!

ZUM GLÜCK ERWARTET IZIZ DIE JEDI-MISSION.
GUT, ULIC... SIE WEISEN UNS INS KÖNIGLICHE RAUMDOCK EIN!
ALS DIE NEBULON RANGER ÜBER DIE HOHEN STADTMAUERN RAST, VERNICHTEN STARKE ABWEHRBATTERIEN DIE ANGREIFER...
SEKUNDEN SPÄTER SETZT DIE RANGER SICHER AUF EINEM ANDOCKTURM AUF DER KÖNIGLICHEN ZITADELLE AUF.

E DREI JUNGEN BESATZUNGSMIT-
LIEDER WERDEN VON NOVAR
MPFANGEN, DEM ONDERONI-
SCHEN AUSSENMINISTER.
WIR SIND JEDI-RITTER, DIE UNTER MEISTER ARCA VON ARKANIA DIENEN.
JEDIS! WIR HEISSEN EUCH IM NAMEN DER KÖNIGIN AMANOA VON ONDERON WILLKOMMEN!
DAS IST MEIN BRUDER CAY... UND DAS IST...
...DER TWI'LEK TOTT DONEETA!
ZU EUREN DIENSTEN!
EIT EWIGKEITEN LEBEN DIE ONDERO-
IER ISOLIERT, FERNAB VOM REST DER GALAXIS.
BWOHL SIE BEI DER REPUBLIK EINEN AUF-
AHMEANTRAG GESTELLT HABEN, MÜSSEN SIE
R GRUNDLEGENDES MISSTRAUEN FREMDEN
GEGENÜBER NOCH ÜBERWINDEN.
ES TUT MIR LEID... ES IST STRENG VERBOTEN, DASS MITGLIEDER VON FREMDRASSEN DIE KÖNIGLICHE ZITADELLE BETRETEN.
DIE KÖNIGLICHEN PROTEKTOREN WERDEN IHN ZUR EINWANDERUNGSBEHÖRDE BRINGEN UND VERHÖREN.
HABT IHR NICHT GE-
IÖRT? WIR SIND JEDIS! LASST IHN LOS!
SHRUMAMM
SEI VORSICHTIG! WENN IHR WIRKLICH JEDIS SEID, WERDEN TODESDROHUNGEN VERHEERENDE POLITISCHE AUSWIRKUNGEN HABEN!
NOVAR ... DIE KÖNIGIN BEFIEHLT, DASS DIE DREI JEDIS SOFORT IN DEN THRONRAUM GELEITET WERDEN!

UND SO TRETEN DIE JUNGEN JEDI-RITTER VOR AMANOA, KÖNIGIN VON ONDERON...
DIE KÖNIGIN SCHEINT VIEL ÄLTER ALS IHRE SIEBZIG JAHRE ZU SEIN. IHRE TOCHTER UND THRONERBIN GALIA IST ERST ACHTZEHN...
LASS DEN WURMKOPF LOS. ICH SPÜRE DIE MACHT IN IHNEN. DIESE DREI SIND JEDIS...
...ABER WIR HABEN EINEN GROSSEN JEDI-MEISTER ERWARTET... UND KEINE UNAUSGEBILDETEN KINDER!
MEISTER ARCA HAT UNS DIE AUFGABE ANVERTRAUT, DIESEM SYSTEM FRIEDEN ZU BRINGEN.
BITTE VERSTEHE, KÖNIGIN AMANOA... WER ZUR REPUBLIK GEHÖRT...
...DEM STEHT DIE MACHT ALLER JEDIS ZU DIENSTEN.
GUT GESAGT, KLEINER JUNGE. JETZT MÖCHTE ICH DIR MEINE ERBIN GALIA VORSTELLEN...
WIE IHR WISST, MACHEN UNS GESETZLOSE ZU SCHAFFEN. MEINE ARME TOCHTER KANN OHNE EINE ESKORTE VON HUNDERT BEWAFFNETEN NICHT EINMAL IN DEN WALD GEHEN.
JA... WAS GIBT ES, NOVAR?

EINIGE REITER HABEN EINE SCHWACHSTELLE DER STADTMAUER ENTDECKT, EURE HOHEIT.
SIE NÄHERN SICH DER ZITADELLE!
WIRKLICH? SIE HABEN UNSERE VERTEIDIGUNG DURCHBROCHEN?
WIE IST DAS MÖGLICH? AUSSER, UNTER UNS SIND VERRÄTER...
NUN GUT... JETZT KANNST DU BEWEISEN, OB DEINE VERSPRECHUNGEN ETWAS TAUGEN, JEDI...
WERDET IHR UNS HELFEN, UNSERE STADT ZU VERTEIDIGEN?
JA.
ES IST UNS EINE EHRE.
KAUM HAT ULIC QEL-DROMA SEINEN EID WIEDERHOLT, ONDERON FRIEDEN ZU BRINGEN, SIND ER UND SEINE GEFÄHRTEN GEZWUNGEN, DEN WORTEN TATEN FOLGEN ZU LASSEN!
BEI DER GÖTTIN TWI'LEK... DIESE BANDE HAT AUCH SCHON DIE RANGER ANGEGRIFFEN!

ABGESCHIRMT VON DEN KÖNIGLICHEN PROTEKTOREN, ZIEHEN SICH DIE KÖNIGIN UND IHRE TOCHTER VOR DEM WÜTENDEN ANGRIFF ZURÜCK...
ES FALLEN IMMER MEHR VON IHNEN AUS DEM HIMMEL!
CAY... TOTT... MACHT IHR MIT?
WIR SIND DABEI, BRUDER!
WORAUF WARTEN WIR?
ALS EINE ZWEITE WELLE DER BESTIEN-REITER IN DEN THRONRAUM EINDRINGT, GREIFEN DIE DREI JEDIS EIN.
DIE BESTIEN-REITER SIND MIT SCHWEREN BLASTERN BEWAFFNET...
FWEE-WRAM!
DOCH ULICS LICHTSCHWERT IST DEN KREISCHENDEN BLITZEN DER LASERENERGIE SPIELEND GEWACHSEN!
WHAANG!
UND DEN UNGETÜMEN DXUNS ERST RECHT!

EERREEEGGH!
SSKKKLLLLK!
GUT GEMACHT, ULIC!
ZWISCHEN UNS UND DER PALAST-WACHE SIND SIE ERLE-DIGT!
ABER DER FRONTALANGRIFF BIRGT EIN ÜBERRASCHUNGSELEMENT...
...SPEZIELL AUSGEBILDE-TE ANGREIFER MIT EINER GENAU BESTIMMTEN MISSION...
ELITEKRIEGER!

WÄHREND DIE JEDIS UND DIE KÖNIGLICHEN PROTEKTOREN DIE MIT BLASTERN BEWAFFNETEN REITER ZURÜCKDRÄNGEN, BEWEGEN SICH DIE ELITEKÄMPFER SCHNELL AUS DER SCHUSSLINIE ...
ULIC ... EIN PAAR BESTIEN-REITER BRECHEN DURCH!
SIE HABEN ES BESTIMMT AUF DIE KÖNIGIN ABGESEHEN!
NA GUT... IHR BEIDE FOLGT IHNEN. ICH HALTE DIE ANDEREN IN SCHACH!
MACHST DU WITZE? ALLEIN WIRST DU NICHT MIT IHNEN FERTIG!
NA GUT. KOMM MIT, CAY!
MACHT EUCH UM MICH KEINE SORGEN ... ERFÜLLT LIEBER EURE PFLICHT ALS JEDIS!

ALS TOTT DONEETA UND CAY QEL-DROMA IHRE WIDERSACHER DURCH DAS LABYRINTH DER GÄNGE VERFOLGEN, STELLEN SIE FEST, DASS DIE ELITEKRIEGER DEN KÜRZESTEN WEG ZU DEN KÖNIGLICHEN QUARTIEREN ZU KENNEN SCHEINEN!
IHR WERDET STERBEN, EINDRINGLINGE!
HAT ER STERBEN GESAGT?
DAS HAT ER GESAGT.
PWEE-OOM
SKEE-WRAM!
FWEE-WOOMM!
VERFLUCHTE FEINDE! ICH WERDE DIE MACHT FREEDON NADDS AUF EUCH LADEN...
FALLS KÖNIGIN AMANOA MAGIE HERAUFBESCHWÖREN WILL, IST SIE ENTWEDER ZU ALT ODER ZU LANGSAM... ODER DIE ELITEKRIEGER VERFÜGEN ÜBER EINEN BESONDEREN SCHUTZ!

CAY QEL-DROMA UND TOTT DONEETA KOMMEN ZU SPÄT!
WO IST DAS MÄDCHEN?
FORT... MEINE TOCHTER... FORT!
VERFLUCHTE JEDIS... IHR WOLLTET UNS DOCH SCHÜTZEN!
CAY... TOTT... DIE BESTIENREITER HABEN FERSENGELD GEGEBEN... WIR WAREN IHNEN WOHL ZU ÜBERLEGEN!
ULIC QEL-DROMA... IST DAS DER LOHN DAFÜR, EUCH UM HILFE FÜR UNSERE BELAGERTE STADT GEBETEN ZU HABEN... DER VERLUST MEINER TOCHTER?!
ICH VERLANGE IM NAMEN DER REPUBLIK, DASS IHR DIE ENTFÜHRER VERFOLGT UND GALIA ZURÜCKBRINGT!
ULIC FÜGT SICH AUGENBLICKLICH DEN FORDERUNGEN DER ALTEN... DOCH CAY UND TOTT SPÜREN, DASS HIER DUNKLE MÄCHTE AM WERK SIND...
MEISTER ARCA HAT GESAGT, DASS DEIN SELBSTVERTRAUEN ZU GROSS IST, ULIC. WIR SOLLTEN KONTAKT MIT IHM AUFNEHMEN UND IHN DIE ENTSCHEIDUNG TREFFEN LASSEN.
NEIN! WIR MÜSSEN MEISTER ARCA BEWEISEN, DASS WIR WÜRDIG SIND, JEDI-RITTER GENANNT ZU WERDEN!
ICH WEISS NICHT, ULIC... ICH VERTRAUE DIESEN LEUTEN NICHT... SIE HABEN ETWAS AN SICH...
ABER DER HALSSTARRIGE ULIC LÄSST SICH NICHT ÜBERZEUGEN. ER SIEHT EINE GELEGENHEIT, SEINEN MUT ZU BEWEISEN... UND ERGREIFT SIE.
KÖNIGIN AMANOA... WIR BEGEBEN UNS SOFORT IN DIE WILDNIS HINAUS.
WIR WERDEN ERST ZURÜCKKEHREN, WENN WIR DEINE TOCHTER BEFREIT HABEN!

ALS STARRIG UND ZU SELBSTSICHER ... MIT DIESEN WORTEN HAT ARCA SEINEN LEHRLING BESCHRIEBEN. UND DOCH GAB ER ULIC QEL-DROMA DIE BEFEHLSGEWALT. ULIC HAT DAS RECHT, BEI DER MISSION AUF ONDERON DAS VORGEHEN ZU BESTIMMEN.
ER IGNORIERT DIE ZWEIFEL SEINER GEFÄHRTEN, UND KURZ DARAUF HEBT DIE NEBULON RANGER AB.
WÄHREND DIE ONDERONER BODENTRUPPEN AUSSCHICKEN, RAST DER SCHNELLE UND WENDIGE JEDIKREUZER ÜBER DIE WILDNIS. SEINE SENSOREN SUCHEN NACH DEN FLÜCHTIGEN ENTFÜHRERN.
PLÖTZLICH HAT CAY QEL-DROMA NEUEN GRUND, AN SEINEM BRUDER ZU ZWEIFELN...
DIE BESTIENREITER MACHEN ERNST! SIE HABEN EIN TORPEDO MIT WÄRMESUCHKOPF ABGESCHOSSEN!
HOCH MIT DEN SCHILDEN, TOTT!

DOCH DIE DEFLEKTORSCHILDE WERDEN ZU SPÄT HOCHGEFAHREN...
KRAKA-THOOM!

EIN VOLLTREFFER!
DIE SEITENRUDER TRIMMEN, CAY! WIR SCHLINGERN BEDROHLICH STARK!
DIE RUDER REAGIEREN NICHT, ULIC!
DER SYSTEMCOMPUTER IST AUSGEFALLEN!
DAS GIBT EINE BRUCHLANDUNG!
MIT LAUTEM DONNERN TORKELT DIE NEBULON RANGER UNLENKBAR ÜBER DAS WILDE TERRAIN.
DAS WIRD SIE LEHREN, IN DAS LAND MODON-KIRAS EINZUDRINGEN!

DIE DREI JEDI-RITTER HABEN GLÜCK... SIE KÖNNEN DEN AUFPRALL MIT DEN DEFLEKTORSCHILDEN DÄMPFEN...
DER DIAGNOSECOMPUTER BESTÄTIGT DEN SCHADEN AM SEITENRUDER ... UND DER UNTERLICHT-TRANSPONDER IST AUSGEFALLEN.
ABER ICH KANN IHN REPARIEREN.
ICH SEHE MICH MAL DRAUSSEN UM, ULIC...
ALS TOTT DONEETA DEN JEDI-KREUZER VERLÄSST, BIETET SICH IHM DER BLICK AUF EINE GROSSARTIGE DSCHUNGELFESTUNG...
...DIE VON LEGENDÄREN BOMA-UNGETÜMEN BEWACHT WIRD!
ÄH... ULIC! WIR HABEN HIER EIN KLEINES PROBLEM!

DAS IST NICHT UNSER TAG, TOTT!
WENN DIESE VIECHER UNS HIER FESTSETZEN, KÖNNEN WIR UNSERE MISSION NIE BEENDEN.
KANNST DU SIE BESÄNFTIGEN?
MAL SEHEN ...
TOTT DONEETA VERFÜGT ÜBER DIE UNGEWÖHNLICHE EIGENSCHAFT, TIERSPRACHEN ZU VERSTEHEN.
ER STÖSST EIN SELTSAMES KNURREN UND HEULEN AUS, UM DIE GROSSEN GESCHÖPFE ZU BERUHIGEN.
FNRRG! GNRRARRG SNNRRUFF SNROOO!
DIE UNGETÜME VERSTEHEN IHN...
GRRARROOOARR! GRROOGH GNARRGH!
WHNUFF.
NA ALSO. ICH WURDE GERADE ZUM EHRENBOMA ERNANNT. GEHEN WIR.
GNRROOFF.

DIE GESCHÖPFE BEHAUPTEN, DAS MÄDCHEN SEI HIER ... UND WERDE DEN SOHN VON MODON KIRA HEIRATEN!
DIE BOMAS HATTEN RECHT! DIE DREI JEDI-RITTER FINDEN SICH ALS UNGEBETENE GÄSTE BEI EINER BARBARISCHEN ZEREMONIE WIEDER...
GALIA, DIE TOCHTER DER ONDERONISCHEN KÖNIGIN, WIRD MIT ORON KIRA VERHEIRATET, DEM SOHN DES HERRSCHENDEN TIER-LORDS.

RIESIGE BOMAS GEHORCHEN TOTT DONEETA AUFS WORT UND GREIFEN DIE VERSAMMLUNG AN...
GNRUU NRARRGGAA!
WAROOOON
ULIC QEL-DROMA HAT SEIN ZIEL VOR AUGEN... DIE BEFREIUNG DER THRONERBIN VON ONDERON!
PRINZESSIN GALIA...! ICH WERDE DICH RETTEN UND ZU DEINER MUTTER ZURÜCKBRINGEN!
NEEIIIN!
ICH WILL NICHT GERETTET WERDEN! ICH WILL ORON KIRA HEIRATEN!
WAS?!

STELLT DAS FEUER EIN, MÄNNER! DAS MÜSSEN DIE JEDIS SEIN, VON DENEN GALIA ERZÄHLT HAT...
WERDET IHR DIE WAFFEN NIEDERLEGEN UND BEIM HOCHZEITSBANKETT UNSERE GÄSTE SEIN, JEDIS?
IHR SEID DOCH HIER, UM FRIEDEN ZU BRINGEN ...
ULIC AKZEPTIERT SOFORT... UND LERNT SO DEN GROSSEN LORD KENNEN...
MODON KIRA. EIN STOLZER UND UNBARMHERZIGER MANN VON GROSSER KÖRPERKRAFT...
...UND MODONS VATER, DROKKO DER ÄLTERE, DER UNTER EINER UNHEILBAREN VERLETZUNG LEIDET, SEIT MAN IHN VOR LANGER ZEIT AUS IZIZ VERSTOSSEN HAT. DROKKO HAT SEIT JAHREN NICHT MEHR GESPROCHEN.
DANN IST DA GALIA, DIE AUF IHREN THRON VERZICHTEN WILL, UM DEN SOHN EINES TIER-LORDS ZU HEIRATEN...
...ORON KIRA, EINEN KÜHNEN KRIEGER MIT EINEM GUTEN HERZ. ER KÄMPFT SEIT LANGEM DAFÜR, DIE GROSSE STADT ZU STÜRZEN.
ICH BIN BEREIT, ÜBER FRIEDEN ZU SPRECHEN... ABER AUCH, KRIEG ZU FÜHREN!
ICH BEZWEIFLE, DASS FRIEDEN MÖGLICH IST, SOLANGE IZIZ STEHT, VATER.
GANZ MEINE MEINUNG. DENNOCH TRINKE ICH AUF DIE JEDI-RITTER, DEREN HELDENTATEN ANGEBLICH IN DER GANZEN GALAXIS GERÜHMT WERDEN!
KOMM SCHON, CAY... STECK DEN TRANSPONDER WEG.
HE, WILLST DU ETWA AUF DIESEM PLANETEN VERFAULEN?
ICH VERSTEHE NICHT GANZ... WIE HABT IHR EUCH KENNENGELERNT? WIESO WOLLT IHR HEIRATEN? EURE VÖLKER FÜHREN DOCH KRIEG GEGENEINANDER!
DIE KIRAS GEHEN SEIT JAHREN IN DER STADT EIN UND AUS. SIE TREIBEN INSGEHEIM MIT DEM POLITISCHEN UNTERGRUND HANDEL.

JA, ICH SAH GALIA IM PALASTGARTEN. WIR VERSPÜRTEN BEIDE DIESEN GEHEIMNISVOLLEN RUF DES SCHICKSALS.
ES WAR UNDENKBAR, DASS EINE TOCHTER DER ONDERONISCHEN KÖNIGIN EINEN TIER-LORD HEIRATET...
DESHALB HABEN WIR MEINE „ENTFÜHRUNG" ARRANGIERT. ICH WERDE MIT ORON IN DER WILDNIS LEBEN...
ICH LIEBE MEINE MUTTER... UND ICH LIEBE MEINEN VATER, KÖNIG OMMIN... ER LIEGT IM STERBEN...
... ABER ICH KANN NICHT MEHR UNTER DER UMHÜLLUNG DER *DUNKLEN SEITE DER MACHT* LEBEN!
DIE *DUNKLE SEITE!* WIE KANN DIE DUNKLE SEITE AUF ONDERON SEIN?
ES HEISST DOCH, IHR HÄTTET ERST VOR KURZEM DIE RAUMFAHRT ENTWICKELT.
ULIC HAT VIELE GESCHICHTEN VON DER DUNKLEN SEITE GEHÖRT. ABER NOCH NIE HAT ER SIE AM WERK GESEHEN.
VOR VIERHUNDERT JAHREN BRACHTE EIN JEDI-RITTER NAMENS FREEDON NADD DIE DUNKLE MACHT DER SITH AUF UNSERE WELT.
ER VERFÜGTE, DASS ONDERON ISOLIERT BLIEB, DAMIT ER UNS UNANGEFOCHTEN BEHERRSCHEN KONNTE.
IM LAUF DER JAHRHUNDERTE HABEN SICH VIELE SEINEM GESETZ WIDERSETZT... SIE WURDEN ALS KRIMINELLE GEBRANDMARKT.
MEIN GROSSVATER DROKKO, DER STUMM VOR EUCH SITZT, WURDE VOR FÜNFZIG JAHREN AUS IZIZ VERSTOSSEN...
... *WEIL ER DIE DUNKLE SEITE HERAUSGEFORDERT HAT!*

JEDI ... BEI MEINER EHRE, ICH, MODON KIRA, MUSS EUCH WARNEN ...
DIE HEERE ALLER TIER-LORDS SAMMELN SICH ZUM END-KAMPF GEGEN DIESE VERFLUCHTE STADT. WERDET IHR UNS HEL-FEN ...
... DIE MACHT NIEDERZUWER-FEN, DIE UNS EINER VON EUCH GE-BRACHT UND DIE UNSERE WELT KORRUMPIERT HAT ?
ULIC SPÜRT DIE VOLLE LAST VON MODONS HERAUSFORDERUNG. EIN GEFALLENER JEDI KÖNNTE DIE QUELLE DES LEIDS DIESER WELT SEIN. ABER ULIC HAT SEINEM MEISTER GESCHWOREN, DASS WAF-FEN DER LETZTE AUSWEG SEIEN.
GEHEN WIR ZU DEINER MUTTER UND OFFENBAREN DEINE EHE !
ICH WERDE SIE ÜBERZEUGEN, DASS DEINE HOCHZEIT DAS ENDE DIESES LANGEN KRIEGES IST !
DU KENNST MEINE MUTTER NICHT, UND ICH FÜRCHTE, DU WEISST NICHTS ÜBER DIE DUNKLE SEITE !
GALIA HAT RECHT, QEL-DROMA. DU BEGREIFST NICHT, WAS HIER VORGEHT.
ICH DULDE NICHT, DASS GALIA IZIZ NOCH EINMAL BETRITT.
BITTE VERTRAUT MIR. ICH BIN EIN JEDI. DIE JEDIS MÜSSEN SICH STÄNDIG MIT DER DUNKLEN SEITE AUS-EINANDERSETZEN.
IHR BEIDE WERDET MICH BEGLEITEN. GEMEINSAM KÖNNEN WIR DIESER CHAOTISCHEN WELT FRIEDEN BRINGEN.
PLÖTZLICH FLAMMT FEUER IN DEN AUGEN DES ALTEN DROKKO KIRA AUF, DER SEIT SO VIELEN JAHREN STUMM WAR ...
JEDI ... FALLS IHR ... VERSAGT ... HELFT IHR UNS ... GEGEN DIE DUNKL SEITE ... KRIEG ZU FÜHREN ?

FALLS WIR VERSAGEN ... HABEN WIR WOHL KEINE ANDERE WAHL, ODER?
NACH EINEM TAG HAT CAY IHR SCHIFF REPARIERT, UND DIE NEBULON RANGER FLIEGT WIEDER ZUR UMMAUERTEN STADT IZIZ ...
... MIT GALIA UND ORON KIRA AN BORD ... UND EINER ESKORTE VON BESTIEN-REITERN!
ABER ICH WERDE NICHT SCHEITERN!
MODON KIRA HAT ULICS PLAN ZUGESTIMMT. ABER ER HAT SEIN GANZES LEBEN LANG KRIEG GEFÜHRT ... UND WEISS, DASS ULIC SCHEITERN WIRD!
ICH BENACHRICHTIGE DIE LORDS ALLER WILDEN REICHE ...
... DASS DIE LETZTE SCHLACHT BEVORSTEHT!
ES SCHEINT, MODON KIRA HAT RECHT ...
... DENN ALS DIE RANGER UND IHRE ESKORTE SICH DER STADTMAUER NÄHERN, ERÖFFNEN DIE KANONEN DAS FEUER AUF DIE BESTIEN-REITER.

KÖNIGIN AMANOA... ICH REPRÄSENTIERE DIE JEDIS... UND DIE GALAKTISCHE REPUBLIK...
WENN ONDERON SEIN MITTELALTER HINTER SICH LASSEN UND ZUR GEMEINSCHAFT DER WELTEN GEHÖREN WILL, MUSST DU DEINEN HASS AUFGEBEN.
MUTTER... BITTE HÖRE AUCH ULIC QEL-DROMA. MEINE EHE MIT ORON KANN DEN ANFANG EINER NEUEN EPOCHE DARSTELLEN!
UND WENN DU NICHT AUF IHN HÖRST, WIRD DER HIMMEL BALD DUNKEL VOR DEN SCHWINGEN UNSERER KRIEGSBESTIEN SEIN!
DU WILLST DUNKELHEIT, KIRA?
ICH WERDE DIR DUNKELHEIT ZEIGEN!
ICH RUFE DEN GEIST FREEDON NADDS, EINES JEDIS, DER VIEL GRÖSSER WAR ALS DIESE HILFLOSEN JUNGEN HIER!
MÖGE DIE DUNKLE MACHT, DIE ER MEINEN GATTEN UND ALL UNSERE VORFAHREN LEHRTE, MICH NUN ERFÜLLEN!
KÖNIGIN AMANOA VEREHRT SCHON LANGE DIE LEHREN DER SITH... UND FREEDON NADDS ANDENKEN.
DOCH NOCH NIE WAR SIE SO VOLLER HASS GEWESEN... UND SO OFFEN FÜR DIE SCHATTEN, DIE DIE WELT VERUNREINIGEN.
EIN LAUTES TOSEN ERKLINGT, UND DIE DREI JEDIS UND DAS JUNGE PAAR WERDEN VON WELLEN DER DUNKELHEIT UMGEBEN...

IM NAMEN DER JEDIS UND DER REPUBLIK! WIR BERUFEN EINE FRIEDENSKONFERENZ ZWISCHEN DEN KRIEGFÜHRENDEN PARTEIEN EIN!
WIR BRINGEN DIE TOCHTER DER KÖNIGIN!
WIR STELLEN DAS FEUER EIN. NEBULON RANGER, IHR HABT LANDEERLAUBNIS.
VOLLER MISSTRAUEN GESTATTEN DIE ONDERONER DEN RETTERN, DAS ENTFÜHRTE MÄDCHEN ZU IHRER MUTTER ZU BRINGEN.
DOCH WENN ULIC DANKBARKEIT ERWARTET HATTE, SIEHT ER SICH ARG ENTTÄUSCHT...
GALIA... MEINE EINZIGE TOCHTER... DU HAST UNS VERRATEN!
DU WIRST NIEMALS EINEM AUSGESTOSSENEN GEHÖREN!
EHER WERDE ICH DICH TÖTEN!

ULICS GEDANKEN GERATEN IN VERWIRRUNG ... ANGST STEIGT IN IHM EMPOR WIE EINE SCHWARZE FLUT...
DAS ALSO IST DIE DUNKLE SEITE!
SCHNELL, JEDIS! HIER ENTLANG! FOLGT MIR!
EIN GEWALTIGER DRUCK LASTET AUF DEN JEDIS.
VON ALLEN SEITEN GREIFEN GEPANZERTE FÄUSTE NACH IHNEN UND NEHMEN SIE GEFANGEN.
JEDER GEDANKE AN FRIEDEN IST VERFLOGEN, ALS SIE GALIAS STIMME IN DEN SCHUTZ EINES GEHEIMGANGS FOLGEN.
CAY IST NOCH IM THRONRAUM ... ICH MUSS ZURÜCK UND IHN HOLEN!
TOTT! BRING GALIA UND ORON ZUR RANGER, UND SICHERE SIE BIS ZU UNSEREM EINTREFFEN!
JEDI ... UND WAS IST MIT DEINEM VERSPRECHEN? OFFENSICHTLICH IST DEINE FRIEDENSMISSION GESCHEITERT.
ANSCHEINEND... HABE ICH VERSAGT. ALSO TUT...
... WAS IHR TUN MÜSST.
WIR WERDEN NEBEN EUCH KÄMPFEN. ARCA WÜRDE ES WOLLEN.

VATER ... ES IST, WIE DU ERWARTET HAST. ES WIRD KRIEG GEBEN.
ICH WUSSTE ES!
DIE JEDIS HABEN VERSAGT! DER ANGRIFF MÖGE BEGINNEN!
IN ONDERONS GESCHICHTE HABEN SICH NOCH NIE SO VIELE KRIEGER VERSAMMELT...
HUNDERTE TIER-LORDS, EIN JEDER HERRSCHER SEINES WILDEN REICHS, HABEN ALL IHRE SOLDATEN FÜR EINEN EINZIGEN GROSSANGRIFF ZUSAMMENGEZOGEN!

DIE BARBAREN SCHWÄRMEN AUS... DIE WELLENKANONIERE SOLLEN SIE INS VISIER NEHMEN!
VERTEIDIGUNGS-TÜRME... FEUER FREI!
DIE ERBARMUNGSLOSEN LEGIONEN DER TIER-LORDS STOSSEN AUF DIE VERTEIDIGER DER STADT HINAB...
ZUM ERSTEN MAL IN ONDERONS GESCHICHTE SCHEINEN BEIDE SEITEN EINANDER EBENBÜRTIG!

ABER NICHT NUR IN DER SCHIEREN MENGE DER ANGREIFER UNTERSCHEIDET SICH DIESER ZUSAMMENPRALL VON ALLEN VORHERIGEN SCHLACHTEN...
IN DEN ZWEI JAHREN, SEIT ONDERON KONTAKTE MIT DER GALAKTISCHEN ZIVILISATION GEKNÜPFT HAT, HABEN SKRUPELLOSE HÄNDLER VON FREMDEN WELTEN MODERNE WAFFEN AN DIE TIER-LORDS GELIEFERT!
UND WÄHREND DER GRAUSAME KAMPF DIE GESAMTE UMMAUERTE STADT ÜBERZIEHT, STEHT CAY QEL-DROMA DER DUNKLEN KÖNIGIN GEGENÜBER...

IM NAMEN ARCAS VON ARKANIA BEFEHLE ICH DIR, DIESE DUNKELHEIT AUSZULÖSCHEN!
SEI VORSICHTIG, KLEINER JUNGE ... DU WIRST ETWAS SEHR KOSTBARES VERLIEREN!
IN DEM DUNKLEN THRONRAUM LÄSST DAS LICHT VON CAYS JEDIWAFFE IHN ZU EINEM LEICHTEN ZIEL WERDEN ...
FWEE-THRAMM
UNNH!
WKU UMMMN
DIE VIBRIERENDE ENERGIEKLINGE IST FÜR ALLES, WAS SIE BERÜHRT, EINE TÖDLICHE BEDROHUNG!
SSKKUMMM
DAFÜR BEZAHLST DU, JEDI!
UNNH... MEIN ARM!

SIE BEN MIR DEN ABGESCHLA-GEN!
CAYS GEQUÄLTE SCHREIE VERHALLEN UNGEHÖRT IM DONNER DER SCHLACHT, DIE NUN SCHON GEGEN DIE MAUERN DER ZITADELLE BRANDET!
KÖNIGIN AMANOA ZIEHT SICH INS MAUSOLEUM VON FREEDON NADD ZURÜCK, UM SICH MIT DER MACHT ZU BERATEN, DIE DORT KONZENTRIERT IST.
SIE WEISS, DASS ÜBER DIESEN KAMPF NICHT DIE MILITÄRISCHE STÄRKE ENTSCHEIDEN WIRD...
IM NAMEN MEINES GATTEN OMMIN UND SEINES AHNEN FREEDON NADD BEFEHLE ICH DIE DUNKLE SEITE AUF MEINE GEGNER HINAB!
ES HEISST, MIT HILFE DER DUNKLEN SEITE DER MACHT HÄTTEN DIE ALTEN SITH EINEM GANZEN HEER DEN WILLEN NEHMEN KÖNNEN...
ZUM ERSTEN MAL IN IHREM LEBEN LIEFERT SICH KÖNIGIN AMANOA VOLLSTÄNDIG DER DUNKLEN SEITE AUS...
UND SOFORT VERLIEREN DIE ANGRIFFE DER BESTIEN-KRIEGER AN SCHWUNG... DAS KÄMPFEN FÄLLT IHNEN SCHWERER.

UND ULIC QUEL-DROMA? SEINE GEDANKEN GELTEN NUR SEINEM BRUDER!
CAY... WAS SOLL ICH TUN? ICH KANN DICH NICHT STERBEN LASSEN!
SEI NICHT DUMM! ICH KANN OHNE DEN ARM LEBEN...
AN MEINER RECHTEN HÜFTE IST EIN MED-KIT. ÖFFNE IHN!
Unnh... Auu! ZUM GLÜCK KANN ICH DAS LICHT-SCHWERT AUCH MIT DEM ANDEREN ARM HANDHABEN...
...ABER WENN DAS DING DA IN DEN SCHATTEN DAS IST, WOFÜR ICH ES HALTE, BESORGE ICH MIR EINEN NOCH BESSEREN SCHWERT-ARM.
WAS SOLL DAS? WIR HABEN KEINE ZEIT, UM DROIDEN ZU REPARIEREN!
DAS IST EIN ALTES XT-6-MODELL, ULIC... IHRE GLIEDMASSEN ERGEBEN HERVORRAGEN-DE PROTHESEN!

WÄHREND ULIC SEINEN BRUDER RETTET, KÄMPFEN DIE BESTIEN-KRIEGER TAPFER WEITER...
... DOCH AUFGRUND VON KÖNIGIN AMANOAS SITH-MAGIE HAT SICH DAS BLATT EINDEUTIG GEGEN SIE GEWENDET!
ES IST DIE DUNKLE MACHT, MODON... WIR BEHERRSCHEN DIE KRIEGSBESTIEN NICHT MEHR! DIE REITER SITZEN WIE AUF DEM PRÄSENTIERTELLER!
MEINEN MÄNNERN WIRD ÜBEL! SIE VERLIEREN DIE ORIENTIERUNG!
ICH WERDE NICHT AUFGEBEN! WIR HABEN ALLES AUF EINE KARTE GESETZT!
KÄMPFT WEITER!
DIE TIER-LORDS SIND UNGEWÖHNLICH DREIST...
WISSEN SIE NICHT, DASS WIR DIE ULTIMATIVE KRAFT AUF UNSERER SEITE HABEN?
VIELLEICHT HOFFEN SIE, DIESE JEDIS KÖNNTEN IHNEN HELFEN?
DER ONDERONISCHE GENERAL WEISS NICHT, WIE RECHT ER HAT. ABER NICHT ULIC, CAY ODER TOTT WERDEN DIESEN KAMPF ENTSCHEIDEN...

EIN ANDERES JEDI-SCHIFF SCHWEBT ÜBER DEM SCHLACHTFELD.
SEIN PILOT IST EIN MANN VON UNGEWÖHNLICHER WEISHEIT UND BEFÄHIGUNG.
ALS ES SICH SENKT, STÖSST DIE DUNKLE KRAFT AUF EINEN UNERWARTETEN WIDERSACHER, DER IN DER JEDI-KAMPF-MEDITATION BESCHLAGEN IST ...

JEDER SOLDAT WEISS, DASS KRIEG MEHR IST ALS WAFFEN UND PANZERUNGEN.
DAS IST DIE LETZTE SCHLACHT FÜR DICH, BESTIEN-FREUND. DIE MACHT IST MIT DER STADT!
JEDER KRIEGER TRÄGT DAS BILD DES BEVORSTEHENDEN SIEGES IN SEINEM HERZEN...
WENN DAS BILD ZERBRICHT UND VON EINER VISION DER NIEDERLAGE ERSETZT WIRD, IST ER GESCHLAGEN.
ABER MANCHMAL BEKOMMT EIN KRIEGER UNTERSTÜTZUNG AUS EINER UNERWARTETEN QUELLE...
EIN AUFBLITZENDES LICHT, DAS SEINE ÜBERWÄLTIGENDE FURCHT UND VERZWEIFLUNG VERTREIBT...
...UND NEUE INNERE KRAFT FREISETZT.
JA, EIN KRIEG IST VIEL MEHR ALS NUR WAFFEN UND PANZERUNGEN.
DER HALBE SIEG IST DER WILLE ZU GEWINNEN.
ZUR ZEIT DER JEDIS VERLIEH DIE DUNKLE SEITE DEN SOLDATEN DIESEN WILLEN UND DAMIT KRAFT...
...ODER, WENN DIE DÄMMERUNG DIE NACHT ZURÜCKDRÄNGT, DAS LICHT!

ULIC UND CAY VERLASSEN DEN PALAST UND STOSSEN ZU TOTT DONEETA, GALIA UND ORON KIRA, DIE DIE SCHLACHT VON DEN MAUERN AUS BEOBACHTEN...
WIE LÄUFT DER KAMPF?
SEHR SELTSAM. MODONS KRÄFTE STANDEN VOR DEM SIEG... DANN WANDTE SICH DAS GLÜCK GEGEN SIE...
DOCH NUN STEHT ES WIEDER AUF DER SEITE DER TIER-LORDS! DIE STADT IST GEFALLEN!
AUS WELCHEM GRUND AUCH IMMER... DAS SIND GUTE NACHRICHTEN!
CAY! KOMMT DIR DIESES SCHIFF NICHT BEKANNT VOR?
DAS IST MEISTER ARCAS SCHIFF!

DER GROSSE JEDI-MEISTER SCHEINT SICH NICHT ZU FREUEN, SEINE DREI LEHRLINGE ZU SEHEN.
DAS WAR EURE ERSTE MISSION... UND SCHON NACH DREI TAGEN MUSSTE ICH EINGREIFEN!
CAY, MEIN SOHN! GIBST DU SCHON DEINEN KÖRPER AUF, WEIL ES DICH NACH DEM GROSSEN LICHT GELÜSTET?
ICH... HABE EINEN ANDEREN, MEISTER.
ULIC... ICH GAB DIR DAS KOMMANDO... UND DU BIST AN DEINER PRÜFUNG VÖLLIG GESCHEITERT!
WAS MEINST DU, MEISTER? WIR HABEN GETAN, WAS WIR KONNTEN!
JA... ABER HIER IST DIE DUNKLE SEITE AM WERK. IHR HÄTTET SIE IM AUGENBLICK EURER ANKUNFT SPÜREN MÜSSEN.
UND WAS DIESEN KRIEG BETRIFFT, DEN DU ENTFESSELT HAST... DU HÄTTEST IHN GEWINNEN KÖNNEN, WIE *ICH* IHN GEWANN...
ICH *MEDITIERTE* DEN KAMPF UND BEEINFLUSSTE SEINEN AUSGANG MIT DEN GEISTESKRÄFTEN DER JEDIS...

INDEM EIN JEDI DEN ERWÜNSCHTEN AUSGANG EINER SCHLACHT VISUALISIERT, BEEINFLUSST ER DAS FELD DER MACHT, DAS ALLE EREIGNISSE UMGIBT.
ABER MEISTER ARCA... DAS HAST DU UNS NICHT BEIGEBRACHT!
JA. VIELLEICHT WAR DIESE PRÜFUNG ZU GROSS FÜR EUCH.
UND NUN KOMMT MIT. SUCHEN WIR DIE QUELLE ALL DIESER STÖRUNGEN!
MIT INSTINKTIVER SICHERHEIT FÜHRT ARCA SEINE LEHRLINGE UND GALIA IN DIE TIEFSTEN SUBEBENEN DES PALASTES...
...ZUM GRAB DES FREEDON NADD!
MUTTER!
DANK ARCAS GEGENWART KÖNNEN DIE DUNKLEN KRÄFTE, DIE SICH IN DEM URALTEN SARKOPHAG KONZENTRIEREN, DER BÖSEN ALTEN FRAU NICHT MEHR HELFEN...
DAS LICHT... DAS LICHT... NEEEIIIIN!

DU HAST SIE GETÖTET.
GANZ GLEICH, WIE BÖSE SIE WAR... SIE WAR MEINE MUTTER ... ICH HABE SIE GELIEBT.
ICH HABE SIE NICHT GETÖTET. DIE DUNKLE KRAFT, DIE SIE AM LEBEN HIELT, IST GEWICHEN.
HIER WAR DIE DUNKLE SEITE STARK... ABER MEIN LICHT IST STÄRKER.
MIT HILFE DER MACHT WIRFT ARCA DEN SCHWEREN SARGDECKEL ZURÜCK...
...UND ENTHÜLLT DIE ÜBERRESTE FREEDON NADDS!
FREEDON NADD WURDE VOR VIER JAHRHUNDERTEN VON DER DUNKLEN SEITE VERFÜHRT!
ER GING BEI EINEM DUNKLEN LORD DER SITH IN DIE LEHRE!
DER TRADITION DER SITH ZUFOLGE KANN ES NUR JEWEILS EINEN DUNKLEN LORD GEBEN...
DA NADD NICHT ZUM LORD WERDEN KONNTE, SOLANGE SEIN MEISTER LEBTE, GING ER NACH ONDERON, UM SICH ZUM KÖNIG ZU MACHEN...
NACH SEINEM TOD WURDE SEIN GRAB ZU EINEM BRENNPUNKT DER ENERGIE DER DUNKLEN SEITE... UND SO GAB ER SEINE MACHT VON EINER GENERATION AN DIE ANDERE WEITER.
ALL DEINE VORFAHREN GEHÖRTEN ZUR DUNKLEN SEITE, GALIA.
ABER DAS IST VORBEI. DER SCHATTEN WURDE GEBROCHEN. LASS DAS ALTE LOS!
DU BIST FREI!

VON DEM BÖSEN BEFREIT, DAS IHRE AHNEN BESASS, ERBITTET GALIA, DASS IHRE EHE MIT ORON KIRA DEN GESETZEN DER REPUBLIK ZUFOLGE GESCHLOSSEN WIRD.
AN DIESEM TAG WERDEN DIE KRIEGFÜHRENDEN STÄMME ONDERONS ZU EINEM GROSSEN, VEREINIGTEN VOLK!
DOCH ALS ARCA MIT SEINEN LEHRLINGEN FEIERT, WARNT ER SIE, DASS DER KAMPF MIT DER DUNKLEN SEITE NOCH LÄNGST NICHT VORBEI IST.
FREEDON NADD HAT IN DER STADT NOCH IMMER SEINE GEFOLGSCHAFT. IHR KULT KÖNNTE PROBLEME VERURSACHEN.
ES GIBT SOGAR GERÜCHTE, DASS GALIAS VATER IRGENDWO AUF DIESEM PLANETEN NOCH LEBT.
IHR DREI MÜSST NOCH EINE WEILE HIER AUSHARREN!
ICH BIN BEREIT.
MACHT JEMAND BEIM ARMDRÜCKEN MIT?
MEISTER ARCA, FREEDON NADD WAR EIN JEDI.
WIE KANN EIN JEDI, DER DEM LICHT ENTSPRECHEND UNTERWIESEN WURDE, DER DUNKLEN SEITE ZUM OPFER FALLEN?
DAS IST SCHON MEHR ALS EINMAL VORGEKOMMEN. ABER ZUM GLÜCK NICHT OFT...
ULIC, MEIN SOHN, BETE, DASS ES DIR NIEMALS ZUSTOSSEN WIRD.

STAR WARS

ZWEITES BUCH:

DIE SAGA VON NOMI SUNRIDER

Text: Tom Veitch
Zeichnung: Janine Johnston und David Roach

Die Zeit Ulic Qel-Dromas gilt als wichtiger Wendepunkt in der Geschichte der alten Republik. Damals erhob sich die Dunkle Seite der Macht mit unerwarteter Wut gegen die Galaxis... und hätte die Jedi-Ritter beinah ausgelöscht.

Die Namen der Jedis, die diese Tage überstanden, sind auch heute noch bekannt. Ihre Geschichten und Legenden sind in allen strahlenden Einzelheiten in den kristallinen Speichern des Jedi-Holocrons festgehalten.

Eine weitere Kriegerin, deren Fertigkeit in der Kunst der Jedi-Kampf-Meditation niemals vergessen werden wird, ist Nomi Sunrider.

Das Jedi-Holocron enthüllt, welchen ungewöhnlichen Weg Nomi Sunrider einschlagen mußte, um zu einer vollendeten Jedi zu werden.

DER JEDI-RITTER ANDUR SUNRIDER BEREITET DEN BEGINN EINER LANGEN REISE MIT SEINER FAMILIE ZUM GALAKTISCHEN GRENZLAND VOR.
DORT WILL ER DEN LEGENDÄREN MEISTER THON BESUCHEN, DEN JEDI-WÄCHTER DES STENNESS-SYSTEMS.
MASTER ANDUR! ICH HATTE RECHT, WAS DEN HYPERANTRIEB BETRIFFT. ES WAR EINE AUSGEBRANNTE IONENDÜSE!
DANKE, DREIDEE. IM WERKZEUGLAGER FINDEST DU EIN ERSATZTEIL. WENN DU ES EINGEBAUT HAST, KANNST DU MIR BEIM EINLADEN DER VORRÄTE HELFEN.
ICH HABE GEWUSST, DASS DER MAGNETSTURM, DURCH DEN WIR GESPRUNGEN SIND, DIE DÜSE BESCHÄDIGEN WÜRDE.
MASTER ANDUR GEHT VIEL ZU VIELE RISIKEN EIN!
DIE GAB MIR MEIN LEHRER, NOMI... ADEGAN-KRISTALLE ERGEBEN HERVORRAGENDE LICHTSCHWERTER. ER HAT GESAGT, MEISTER THON WÜRDE SICH SEHR FREUEN, SIE ZU BEKOMMEN.
ICH KANN DIE MACHT DER KRISTALLE SPÜREN, ANDUR... UND DIE KLEINE VIMA AUCH. SIE SIND EIN WUNDERBARES GESCHENK FÜR DEINEN NEUEN LEHRER.
DIE MACHT IST STARK IN DIR, NOMI. DU KÖNNTEST EINE JEDI SEIN.
DU WEISST, DASS ICH DAFÜR ZU FURCHTSAM BIN...
ABER UNSERE TOCHTER WIRD EINES TAGES EINE GROSSE JEDI SEIN... WENN MEISTER THON UND DU SIE UNTERRICHTET.
DARAN BESTEHT KEIN ZWEIFEL. NACHDEM MEISTER THON MICH IN DEN HÖHEREN EBENEN UNTERWIESEN HAT, WERDE ICH MEINE TOCHTER AUSBILDEN. ABER...

... DENKE AN MEINE WORTE ... ZUERST WERDE ICH *DIR* HELFEN, EINE JEDI ZU WERDEN, NOMI SUNRIDER!"
NA SCHÖN, DREIDEE. DA IST DAS LEUCHTFEUER ... WIRF DEN HYPERANTRIEB AN.
DER HYPERANTRIEB SAGT, ER SEI BEREIT, MASTER ANDUR.
VOR DER ENTWICKLUNG DES HYPERRAUMSPRUNGS WAREN DIE SONNENSYSTEME VONEINANDER ISOLIERT. MILLIONEN VON ZIVILISATIONEN STIEGEN AUF UND FIELEN, OHNE JE VONEINANDER ZU ERFAHREN.
IN DIESER LANGE ZURÜCKLIEGENDEN ZEIT WAR DER HYPERRAUMFLUG NUR EINE THEORIE IN DEN KÖPFEN EINIGER FORTSCHRITTLICHER DENKER.
ETWA 20.000 JAHRE VOR ANDURS UND NOMIS ZEIT WURDEN ÜBERLICHTSCHNELLE TRIEBWERKE ERFUNDEN. ÜBER NACHT ÖFFNETE SICH EINE GEWALTIGE DIMENSION, DIE AUSSERHALB VON RAUM UND ZEIT LAG, JEDEM, DER BEREIT WAR, DEN GEFÄHRLICHEN SPRUNG INS UNBEKANNTE ZU WAGEN.
DIESE ERKUNDER DES HYPERRAUMS ERRICHTETEN AN SPRUNGKOORDINATEN, DIE SIE ALS SICHER UND ZUVERLÄSSIG ERMITTELT HATTEN, LEUCHTFEUER ZWISCHEN DEN STERNEN.

ANDUR SUNRIDER UND SEINE FAMILIE LEBEN IN EINER ZEIT, IN DER DIESE „BOJEN" NOCH HÄUFIG BENUTZT WERDEN...
... UND AN VIELEN DER SPRUNG-TORE KOMPLEXE RAUMHÄFEN ENTSTANDEN SIND, DIE DEM ZUNEHMENDEN INTERSTELLAREN VERKEHR UNTERBRINGUNG UND WARTUNG BIETEN.
EINS DIESER HYPERRAUM-TERMINALS BEFINDET SICH IN DER NÄHE DES STENNESS-SYSTEMS AM RAND DER GALAXIS.
DAS SYSTEM STENNESS LIEGT IN DER BERGBAU-ZONE.
DER ABSCHAUM DER GALAXIS KOMMT HIER DURCH... AUF DEM WEG ZU DEN MINEN, DIE SIE DEN NESSIES STEHLEN WOLLEN.
WAS FÜR EIN SCHRECKLICHER ORT!

IN DER TAT. DIE NEUANKÖMMLINGE ERWECKEN SOFORT DIE NEUGIER GEWISSER WIDERWÄRTIGER ELEMENTE, DIE IM RAUMHAFEN HERUMLUNGERN.
HE, BOSS... SIEHST DU DEN JEDI MIT DER FRAU UND DEM KIND? ICH HABE GEHÖRT, DASS ER DAVON SPRACH, ADEGAN-KRISTALLE BEI SICH ZU HABEN.
HAWR HAWR HAWR... ADEGAN-KRISTALLE! ICH HABE EINEN KUNDEN, DER MIR DAFÜR EINE HÜBSCHE SUMME ZAHLT.
HOLE SIE, GUDB. ABER SEI VORSICHTIG... ER IST EIN JEDI!
KEINE ANGST, BOSS. ICH HAB ES SCHON MIT EIN PAAR JEDIS ZU TUN GEHABT UND KENNE MICH MIT IHNEN AUS.
GUT, DA KOMMT DREIDEE MIT DEM ESSEN. VIMA IST FURCHTBAR HUNGRIG.
UNSER SCHIFF WIRD IN ZWANZIG MINUTEN DURCH DEN ZOLL SEIN...
ESSEN WIR SCHNELL. ICH WILL ZU MEISTER THON.

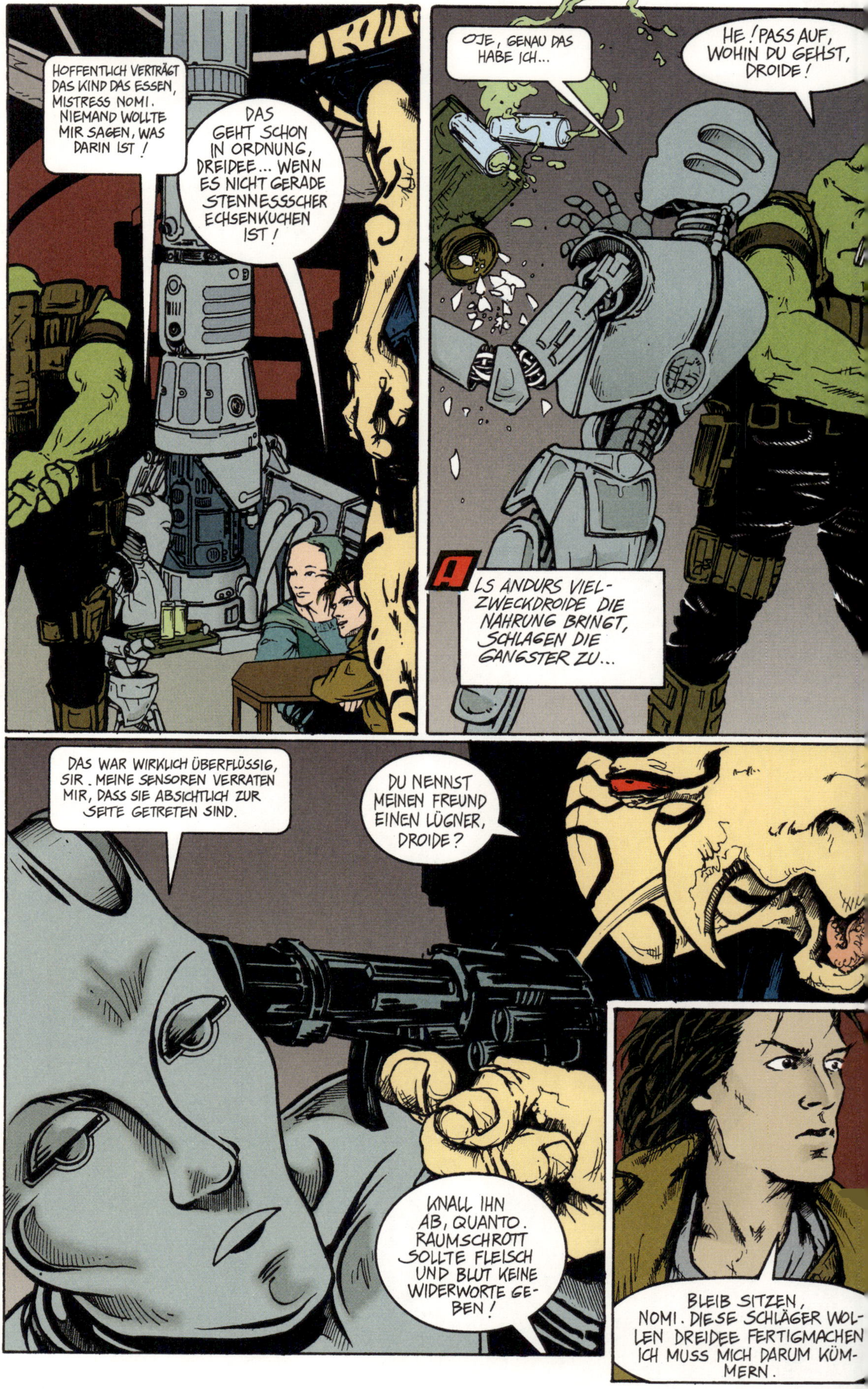
HOFFENTLICH VERTRÄGT DAS KIND DAS ESSEN, MISTRESS NOMI. NIEMAND WOLLTE MIR SAGEN, WAS DARIN IST!
DAS GEHT SCHON IN ORDNUNG, DREIDEE... WENN ES NICHT GERADE STENNESSSCHER ECHSENKUCHEN IST!
OJE, GENAU DAS HABE ICH...
HE! PASS AUF, WOHIN DU GEHST, DROIDE!
ALS ANDURS VIELZWECKDROIDE DIE NAHRUNG BRINGT, SCHLAGEN DIE GANGSTER ZU...
DAS WAR WIRKLICH ÜBERFLÜSSIG, SIR. MEINE SENSOREN VERRATEN MIR, DASS SIE ABSICHTLICH ZUR SEITE GETRETEN SIND.
DU NENNST MEINEN FREUND EINEN LÜGNER, DROIDE?
KNALL IHN AB, QUANTO. RAUMSCHROTT SOLLTE FLEISCH UND BLUT KEINE WIDERWORTE GEBEN!
BLEIB SITZEN, NOMI. DIESE SCHLÄGER WOLLEN DREIDEE FERTIGMACHEN. ICH MUSS MICH DARUM KÜMMERN.

LASST DEN DROIDEN IN RUHE. ER HAT EUCH NICHTS GETAN!
ACH JA? WER SAGT DAS?
DA DIE BEIDEN HÄSSLICHEN LAUFBURSCHEN DES HUTTS, QUANTO UND REK, WISSEN, WIE SCHWIERIG ES SEIN KANN, EINEM JEDI ETWAS ZU STEHLEN, HABEN SIE EINE ABLENKUNG INSZENIERT.
... WÄHREND GUDB, DER URHEBER DES PLANS, SEINEN GURM-WURM HERVORHOLT.
STECK DEN BLASTER EIN, ODER ICH SCHNEIDE DICH IN STÜCKE.
MASTER ANDUR... HINTER IHNEN!
OKAY, SKRITCH... LAD DEINE GIFTSÄCKE AUF...
SPRING!
SKRRAAWWW!
ES HEISST, EIN JEDI KÖNNE EINEN ANGRIFF AUS DEM HINTERHALT DANK DER MACHT WAHRNEHMEN.
AH! AHHG! NOMI! HILF MIR!
ABER MANCHMAL HAT EIN JEDI SEINE AUSBILDUNG NICHT ABGESCHLOSSEN... MANCHMAL MACHT EIN JEDI TÖRICHTE FEHLER...

...UND DIESE FEHLER KÖNNEN EINEN JEDI DAS LEBEN KOSTEN!
ANDUR! ANDUR!
ER IST TOT! IHR HABT MEINEN MANN GETÖTET!
STEH AUF! WENN DU UNS DIE KRISTALLE GIBST, MACHT DER HUTT DICH VIELLEICHT NICHT ZUR SKLAVIN AUF SEINER SEGELBARKASSE!
KOMM SCHON... HER MIT DEN KRISTALLEN, UND DANN KANNST DU IHM EIN ANSTÄNDIGES RAUMBEGRÄBNIS VERSCHAFFEN... WIE EIN JEDI ES VERDIENT HAT.
HAR HAR
ANDUR!
VATER!

NOMI SUNRIDER HÖRT DIE DROHUNGEN DER SCHURKEN NICHT, DENN DIE GEISTFORM IHRES JEDI-GATTEN SPRICHT AUS DEM LEUCHTENDEN JENSEITS ZU IHR ...
WEINE NICHT UM MICH, NOMI. DAS IST NICHT DIE ZEIT FÜR TRÄNEN ...
NIMM MEIN LICHTSCHWERT... BENUTZE ES, UM DICH ZU SCHÜTZEN! DIE MACHT IST MIT DIR!
NACHDEM DER ANBLICK VON ANDURS LEUCHTENDEM GEIST IHR DIE NÖTIGE BESONNENHEIT GAB, GREIFT NOMI INSTINKTIV NACH DER WAFFE ...
ALS SIE DAS LICHTSCHWERT ZÜNDET, HÖRT SIE ANDURS GEFLÜSTERTE ANWEISUNGEN ...
„FÜHLE DIE MACHT, NOMI... LASS SIE IN DEINE ARME FLIESSEN ..."
JA, DIE MACHT IST DA, STÄRKER, ALS SIE SIE JE GESPÜRT HAT... SIE FLIESST UM UND DURCH SIE, GIBT IHR KRAFT UND ÜBERZEUGUNG.

SIEH DIR AN, WIE SIE DAS LICHTSCHWERT SCHWINGT, GUDB.
HÄLT SIE SICH FÜR EINE JEDI?
OB JEDI ODER NICHT, WENN SIE UNS DIE KRISTALLE NICHT GIBT, IST SIE TOT!
SIE IST KEINE JEDI. DU HAST EINE MILLISEKUNDE, UM DAS LICHTSCHWERT FALLEN ZU LASSEN.
ODER DU UND DIE KLEINE SEID BANTHA-FUTTER!
NOMI SUNRIDER WAR SCHON ALS KIND FÜR DIE MACHT EMPFÄNGLICH, HAT SICH ABER IMMER DEM WUNSCH IHRES MANNES WIDERSETZT, EINE JEDI-AUSBILDUNG ZU BEGINNEN.
DOCH ALS SIE NUN DIE LETZTEN WORTE IHRES MANNES HÖRT, SCHWINDET IHRE FURCHT VÖLLIG...
„DIE MACHT IST STARK IN DIR, NOMI. WAR ES SCHON IMMER UND WIRD ES IMMER SEIN. SCHÜTZE DICH... RETTE UNSERE TOCHTER."
SHOOOMM!
SIE HAT QUANTO GETÖTET!

DIE LEBENSENERGIE DER MACHT TOBT IN EINER HOCHSCHIESSENDEN WELLE DURCH NOMI UND LENKT IHRE HÄNDE IN EINEM BRUTALEN AKT DER SELBSTVERTEIDIGUNG.
NYAAA!
KRIECHT IN EURE DUNKLEN SCHLUPFWINKEL ZURÜCK, ABSCHAUM!
SAGT EUREM HUTT-BOSS, DASS ICH AUCH IHN TÖTEN WERDE!
SO PLÖTZLICH, WIE ES BEGANN, BRICHT DIE WIRKLICHKEIT WIEDER ÜBER NOMI SUNRIDER ZUSAMMEN.
WAS... WAS HABE ICH GETAN?
SIE HABEN UNS GERETTET, MA'AM. SIE WAREN TOLL!
ICH SCHLAGE VOR, DASS WIR ZUM SCHIFF ZURÜCKKEHREN UND SOFORT STARTEN!
MAMA?

ANDUR... ANDUR... SIE HABEN DICH GETÖTET!
NOMI... HÖR ZU... ICH BIN ES, DEIN MANN...
UNSER GEMEINSAMES LEBEN IST BEENDET, NOMI.
NUN MUSST DU DICH DEM UNBEKANNTEN STELLEN.
GEH ZU MEISTER THO ...BRING IHM MEIN GESCHENK.
ER WIRD DIR DEN WE ZEIGEN, DEN JETZT EINSC GEN MUSS
ICH BEFOLGE DEINE WORTE, ANDUR.
ICH WERDE TUN, WAS DU SAGST.

IST... DAS SCHIFF BEREIT, DREIDEE ?
JA, MISTRESS. DIE LIGHTSIDE EXPLORER IST AUFGETANKT UND BEREIT!
ABER DER NAVICOMPUTER WILL UNBEDINGT UNSER GENAUES ZIEL WISSEN.
ANDUR HAT GESAGT, DIE MACHT WÜRDE IHN ZU MEISTER THONS WELT FÜHREN...
DIE MACHT WIRD AUCH UNS FÜHREN.
HALTE DIE KLEINE VIMA FEST, DREIDEE.
N DER GEWALT WIE BETÄUBT, DIE IHR LEBEN UMGEREMPELT HAT, UND VON FURCHT UND EINSAMKEIT EFALLEN, VERSUCHT NOMI, SICH AUF DIE MACHT EINZUSTELLEN.
S ÜBERRASCHT SIE NICHT, DASS EISTER THONS FERNE PRÄSENZ ICH WIE EIN LEUCHTFEUER VOM STERNENHIMMEL ABHEBT.
OMI NIMMT KURS AUF IESES STRAHLEN UND ELANGT INS STENNESS-YSTEM UND ZU EINEM ROSSEN RINGPLANETEN...

WIR SIND DA, DREIDEE ... ICH WEISS ES. HIER WERDEN WIR MEISTER THON FINDEN.
ICH HOFFE, SIE HABEN RECHT, MISTRESS NOMI!
IM WIND DIESER FREMDEN WELT VERMISCHT SICH SCHRECKEN MIT HOFFNUNG...
DIESER PLANET IST SO KARG ... KANN SO EINE TROSTLOSE WELT DIE HEIMAT EINES GROSSEN JEDI-MEISTERS SEIN?
MISTRESS, WENN ICH SIE DURCH DIE WÜSTE BEGLEITE, WERDEN SICH MEINE GELENKE FESTFRESSEN.
SIE WERDEN MICH DER KORROSION UND METALLFRESSENDEN RAUBTIEREN AUSSETZEN ... EIN SCHRECKLICHES SCHICKSAL FÜR EINEN DROIDEN.
JA. KÜMMERE DICH UM DAS SCHIFF, DREIDEE! ICH BIN BALD ZURÜCK.
NACHDEM ICH MEISTER THON ANDURS GESCHENK GEGEBEN HABE, KEHREN WIR IN UNSERE HEIMATWELT ZURÜCK.

MIT IHRER TOCHTER IN DEN ARMEN BRICHT NOMI AUF. SIE FÜHLT, WIE IHR ALTES LEBEN SICH WIE EIN EISENTOR HINTER IHR SCHLIESST.
AN EINEM DAMPFENDEN SEE HÖRT SIE STIMMEN, DIE IHR SAGEN, SIE SOLLE UMKEHREN, BEVOR ES ZU SPÄT IST...
„ETWAS SCHRECKLICHES ERWARTET DICH", FLÜSTERN SIE. „WENN DU WEITERGEHST, WIRST DU ES BEREUEN..."
DOCH DA IST EINE ANDERE STIMME... NICHT DIE IHRES MANNES, SONDERN DIE DER STILLE... EINE STIMME IN IHR.
„HÖRE NICHT AUF DIE KRAFT DER DUNKLEN SEITE", SAGT SIE.
NOMI SUNRIDER SCHLEPPT SICH WEITER, UND DIE TORE DER VERGANGENHEIT SCHLIESSEN SICH.

DER MORGENWIND TRÄGT DEN KLANG EINES HORNS HERBEI, DAS IN DER FERNE ERTÖNT.
SELTSAME GALOPPIERENDE GESCHÖPFE SCHEINEN DEN FERNEN RUF MIT HOHEN SCHREIEN ZU BEANTWORTEN.
DIE INNERE STIMME SCHEINT ZU SAGEN: „FOLGE DEN SPUREN DER TIERE. DAS IST DER WEG ZU MEISTER THON."
NOMIS VERGANGENHEIT WIRD ZU EINER SICH AUFLÖSENDEN LUFTSPIEGELUNG. DIE ZUKUNFT IST NOCH UNBEKANNT UND VOLLER MYSTERIÖSER BILDER.
NOMI SUNRIDER FOLGT IHREM INSTINKT, GEHT WEITER...
...UND DANN NIMMT DIE ZUKUNFT GESTALT AN.
HAUS, MAMA.

EIN MANN AUF EINEM SELTSAMEN TIER ERSCHEINT.
SIE WEISS SOFORT, DASS ER EIN JEDI IST.
KOMM ZUM HAUS. ICH HABE ZU ESSEN FÜR DICH UND DAS KIND!
D-DANKE.
IN NOMIS HERZ SCHEINT SICH ETWAS ZU ÖFFNEN... EINE GEWISSE HELLIGKEIT... HOFFNUNG.
MITTLERWEILE HABEN DER HUTT UND SEINE HELFER DIE LIGHTSIDE EXPLORER VERFOLGT... IN DER HOFFNUNG, DOCH NOCH DEN SCHATZ ZU BEKOMMEN.
DER ARME DREIDEE MUSS UNWILLKOMMENEN BESUCH EMPFANGEN...
NE MAFUTA! LANDET DIE SEGELBARKASSE. ICH WILL MEINE ADEGAN-KRISTALLE!
ICH HOLE DIR DIE KRISTALLE, BOSS... UND NOCH EIN PAAR SKLAVEN DAZU!

„MEINE JUNGS KNACKEN DAS SCHIFF WIE EINE DOSE MIT NERF-MUSKELMAGEN!"
OJE!
FLSSS-WOOOM!
NE CHULLA TE NEG!
ZZZATT!
NEHMT DAS SCHIFF AUSEINANDER, JUNGS!
WENN DIESE ADEGAN-KRISTALLE AN BORD SIND, FINDEN WIR SIE!

AUF DER ANDEREN SEITE DER AMBRIA-WÜSTE VERSORGT IN DIESEM AUGENBLICK EIN JEDI-RITTER SEINEN TIERISCHEN GEFÄHRTEN...
... UND HÖRT DIE SCHRECKLICHE GESCHICHTE SEINES GASTES...
EINER VON IHNEN HATTE EIN GIFTIGES HAUSTIER... ES HAT ANDUR VON HINTEN ANGEFALLEN. BEVOR ICH ES RICHTIG MITBEKAM, WAR MEIN MANN ... TOT.
ICH VERSTEHE DAS NICHT. ER WAR IMMER SO STARK... ER HAT MIR ERKLÄRT, DASS DIE MACHT EINEN JEDI SCHÜTZT.
DER SCHUTZ DER MACHT IST EINE FRAGE DER AUFMERKSAMKEIT.
WENDET EIN JEDI DIE AUFMERKSAMKEIT VON SEINEM ANGREIFER AB, KANN DIES SEIN ENDE BEDEUTEN!
IM LAUF DER JAHRHUNDERTE HABEN EINIGE UNSERER WIDERSACHER GELERNT, DIESE VERWUNDBARKEIT AUSZUNUTZEN.
WAS IST DANN GESCHEHEN, MA'AM?
ETWAS KAM ÜBER MICH... ICH FÜHLTE EINE GROSSE KRAFT UND NAHM ANDURS LICHTSCHWERT...!
DANN HABE ICH ZWEI DER MÖRDER GETÖTET.

DANACH KONNTE ICH NUR NOCH ANDURS BEFEHLEN GEHORCHEN ... UND DIE MACHT HAT MICH HIERHER GEFÜHRT.
ICH ... SUCHE JEMANDEN. MEIN MANN WOLLTE SICH MIT IHM TREFFEN. EIN JEDI.
ICH BIN EIN JEDI.
ICH SPÜRTE DEN TOD DEINES MANNES ... UND ALS DU ÜBER DIE HÜGEL KAMST, WUSSTE ICH, WER DU BIST.
DANN MUSS ICH DIR SEIN GESCHENK GEBEN. ER HAT GESAGT, DU WÜRDEST DICH DARÜBER FREUEN ...
ADEGAN-KRISTALLE. ANDUR MEINTE, AUS IHNEN MACHT MAN DIE BESTEN LICHTSCHWERTER.
SAROOO! SAROO
HÖR DOCH! ETWAS GREIFT DIE HERDE AN!
JEMAND MIT BÖSEN ABSICHTEN IST AUF DEM GELÄNDE!

ALS DER JEDI SEIN BESCHEIDENES HAUS VERLÄSST, FINDET ER EINEN HUTT UND SEINE LAKAIEN BEI DER ARBEIT...
NA CHA KULA! HEUTE ABEND GIBT ES STAGA-FLEISCH!
HUTT-WURM! HAST DU NICHT GENUG BÖSEN REICHTUM? WILLST DU AUCH MEINE HERDE STEHLEN?

NTYAH! JEDI!
DIE SCHERGEN DES HUTTS REAGIEREN SOFORT AUF DIE HERAUSFORDERUNG ... MIT IHREN BLASTERN!
CHU SKO KULTA, JEDI!
DARAUF WÜRDE ICH NICHT WETTEN!
DIE DIENER DES HUTTS SCHLAGEN MIT BLINDER WUT ZU...
...DOCH ALS LICHT WEEQUAY-HAUT AUFSCHLITZT, GEHT DER JEDI ZU BODEN!
SIE WERDEN IHN TÖTEN... GENAU, WIE SIE ANDUR GETÖTET HABEN.
NYRRRNN.

ERLEDIGE IHN, GUDB! JETZT GEHÖREN DIE HÜBSCHEN KRISTALLE MIR!
ALLES KLAR, BOSS.
WO IMMER MEUCHELMÖRDER SICH ZUSAMMENSETZEN, WERDE ICH ALS GUDB DER JEDI-TÖTER BEKANNT SEIN!
DOCH DAS REITTIER DES JEDIS IST NICHT GEWILLT, TATENLOS ZUZUSEHEN!
NYRRRRROWWRG!
NE DA CHAZA!
ICH HAB DOCH GEWUSST, ICH HÄTTE SKRITCH MITBRINGEN SOLLEN!

MIT DER UNWIDERSTEHLICHEN GEWALT EINES STURMS BEREITET DAS GEWALTIGE GESCHÖPF DEM KAMPF EIN SCHNELLES ENDE ...
NYRRRRROWWRRG!
DAS GIBT'S DOCH NICHT! DAS TIER SCHLEUDERT IRGENDWELCHE KRAFTFELDER!
VUTA YA J'DI! ZURÜCK ZUM SCHIFF! DAGEGEN KOMMEN WIR NICHT AN!
NGRTH

NGRHTH DLE PESH NTLA!
DANKE, MEISTER!
DU HAST ERNEUT GEZEIGT, DASS MAN EINEN KAMPF NICHT NUR MIT EINEM LICHTSCHWERT GEWINNEN KANN!
WARUM NENNST DU DIESES GESCHÖPF MEISTER?
WEIL ER MEISTER THON IST... EIN SEHR ERFAHRENER JEDI!
NICHT ICH, SONDERN ER WIRD DICH IN DEN LEHREN DER MACHT AUSBILDEN!
SO BEGINNT DIE SAGA VON NOMI SUNRIDER UND IHRER TOCHTER VIMA, DIE UNTER DER ANLEITUNG MEISTER THONS ZU GROSSEN JEDIS WERDEN SOLLTEN.

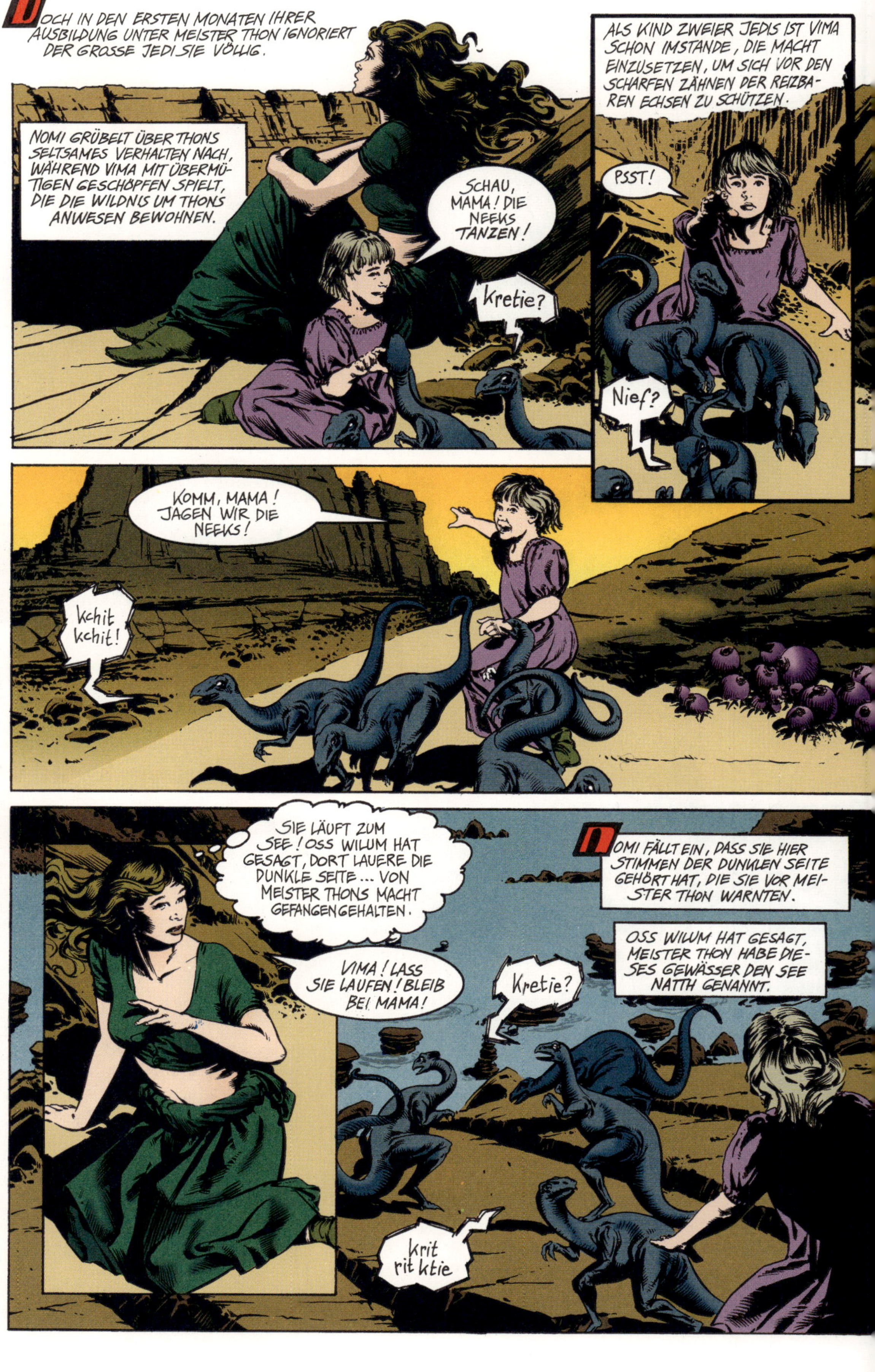

DOCH IN DEN ERSTEN MONATEN IHRER AUSBILDUNG UNTER MEISTER THON IGNORIERT DER GROSSE JEDI SIE VÖLLIG.
NOMI GRÜBELT ÜBER THONS SELTSAMES VERHALTEN NACH, WÄHREND VIMA MIT ÜBERMÜTIGEN GESCHÖPFEN SPIELT, DIE DIE WILDNIS UM THONS ANWESEN BEWOHNEN.
SCHAU, MAMA! DIE NEEKS TANZEN!
Kretie?
ALS KIND ZWEIER JEDIS IST VIMA SCHON IMSTANDE, DIE MACHT EINZUSETZEN, UM SICH VOR DEN SCHARFEN ZÄHNEN DER REIZBAREN ECHSEN ZU SCHÜTZEN.
PSST!
Nief?
KOMM, MAMA! JAGEN WIR DIE NEEKS!
kchit kchit!
SIE LÄUFT ZUM SEE! OSS WILUM HAT GESAGT, DORT LAUERE DIE DUNKLE SEITE ... VON MEISTER THONS MACHT GEFANGENGEHALTEN.
VIMA! LASS SIE LAUFEN! BLEIB BEI MAMA!
NOMI FÄLLT EIN, DASS SIE HIER STIMMEN DER DUNKLEN SEITE GEHÖRT HAT, DIE SIE VOR MEISTER THON WARNTEN.
OSS WILUM HAT GESAGT, MEISTER THON HABE DIESES GEWÄSSER DEN SEE NATTH GENANNT.
Kretie?
krit rit ktie

VIMA!
DSS HAT NOMI GEWARNT, DIE GESCHÖPFE IM SEE DER DUNKLEN SEITE WÄREN MUTIERT...
...ZU GESTALTEN DES BÖSEN.
WAS IST LOS, KLEINE NEEKS?
Chriee! Chriee!
Chriee!
M-MAMA...
OBWOHL SIE EINES TAGES EINE GROSSE JEDI SEIN WIRD, IST DAS KIND DEN VERDERBLICHEN MÄCHTEN IN DIESEM GEWÄSSER NICHT GEWACHSEN...
ZUM GLÜCK BESITZT VIMAS MUTTER EINE EINZIGARTIGE BEGABUNG, AUF DIE SIE ABER NUR SELTEN ZURÜCKGREIFEN KANN...
MIT HILFE DER MACHT STELLT SIE SICH VOR, DIE BEIDEN DRACHEN DER DUNKLEN SEITE WÜRDEN SICH GEGENSEITIG ANGREIFEN...

KURZ DARAUF WIRD DAS BILD WIRKLICHKEIT !
SSNRRARRLLL
SSNRRROOARRR
VIMA ... GEH NIE WIEDER ZU DIESEM SEE !
NOMI SUNRIDER WEISS NICHT, DASS IHRE SELTSAME FÄHIGKEIT, DIE EREIGNISSE IN IHRER UMGEBUNG ZU BEEINFLUSSEN, EINES TAGES IHRE GRÖSSTE KRAFT SEIN WIRD: DIE MACHT DER JEDI-KAMPF-MEDITATION.
WARUM HAT DAS NICHT FUNKTIONIERT, ALS ANDUR STARB? ICH HABE ES VERSUCHT... ABER ES GING SO SCHNELL...
WAS TUE ICH IN DIESER WILDEN WELT ?
WER IST DIESES TIER, DAS SICH JEDI-MEISTER NENNT... UND BEHAUPTET, DIE DUNKLE SEITE GEFANGENZUHALTEN ?
PLÖTZLICH DURCHDRINGEN STIMMEN IHRE GEDANKEN WIE DUNKLE BLITZE...
„DAS ENDE HAT FÜR DICH BEGONNEN, NOMI SUNRIDER."
„DER DÄMON THON WIRD DICH VERNICHTEN !"
„WIE AUCH DEIN MANN WIRST DU STERBEN."
NOMI ERKENNT DIE MACHT DER DUNKLEN SEITE UND ZIEHT SICH VON DEM FEINDSELIGEN SEE ZURÜCK...

... DOCH ALS SIE ZU MEISTER THONS EINSAMER HÜTTE EILT, ÜBERWÄLTIGT DIE VERWIRRUNG SIE.
„WARUM DURFTE ANDUR NICHT LEBEN? WARUM HAT ER MICH NICHT ZU EINER JEDI AUSGEBILDET?"
„ANDUR WAR EIN WAHRER JEDI ... EIN MANN VON GROSSER KRAFT UND GEFÜHLSTIEFE. IN UNSEREM HAUS HERRSCHTE LIEBE..."
„DOCH ICH KANNTE AUCH ZEITEN GROSSER EINSAMKEIT, DENN ER..."
„... WAR EIN JEDI-RITTER. EIN JEDI MUSS IMMER DEM RUF SEINER PFLICHT FOLGEN."
„WIE OFT HABE ICH IHM NACHGESEHEN? WIE OFT WAR ICH ALLEIN?"

„ANDUR WAR MONATELANG FORT... REISTE ZU FERNEN STERNEN, ZUM ENDE DER GALAXIS... AUF GEBOT SEINES LEHRERS, MEISTER CHAMMA."
„DOCH WENN SEIN WERK GETAN WAR, KEHRTE ER IMMER ZU UNS ZURÜCK."
„IMMER."
„JEDESMAL FÜRCHTETE ICH, ER WÜRDE NICHT ZURÜCKKOMMEN... ER WÜRDE IM KAMPF STERBEN."
„DANN LEGTE ICH DIE EINSAMKEIT AB, UND MEINE FURCHT VERSCHWAND."
„SOLANGE WIR ZUSAMMEN WAREN, KONNTE ANDUR NICHTS GESCHEHEN."

„ICH AHNTE JA NICHT, DASS ICH AN DEM TAG, DEN ICH SO FÜRCHTETE, AN DER SEITE MEINES MANNES ... UND ZEUGIN SEINES TODES SEIN WÜRDE."
KOMMT VATER ZURÜCK, MAMA?
ICH WÜNSCHTE ... ES WÄRE SO, VIMA.
ICH GLAUBE NICHT, DASS WIR IHN JE WIEDERSEHEN, MEIN BABY.
ER KANN UNS WOHL NICHT EINMAL HÖREN ...
MEISTER THON WEISS, DASS DAS HERZ SEINES NEUEN LEHRLINGS NOCH VOLLER SCHMERZ UND TRAUER IST...
DESHALB HAT ER SIE AUCH BISLANG IN RUHE GELASSEN.
ER WEISS AUCH, DASS IN ANDEREN TEILEN DER GALAXIS GRÖSSERE EREIGNISSE GESTALT ANNEHMEN...
... EREIGNISSE, DIE NOMI SUNRIDER ... UND ANDERE ... IN DEN FOLGENSCHWEREN KAMPF ZWISCHEN LICHT UND DUNKELHEIT ZIEHEN WERDEN.
MEIN LEHRLING WIRD EINE SEHR GROSSE JEDI WERDEN ... EINE JEDI, AN DEREN KÜHNE TATEN MAN SICH ERINNERN WIRD, SOLANGE DIE JEDI-RITTER ÜBERLEBEN.
IHRE AUSBILDUNG MUSS BEGINNEN!

THONS WELT, AMBRIA, LIEGT MITTEN IM STENNESS-KNOTEN, EINER GRUPPE ERZREICHER SONNENSYSTEME AM RAND DER GALAXIS.
FÜNFUNDZWANZIG HUMANOIDE RASSEN BILDEN DIE BEVÖLKERUNG DER DREI SYSTEME. IM REST DER GALAXIS WERDEN SIE „NESSIES" GENANNT.
DIE NESSIES BAUEN DIE ERZE AB UND TREIBEN HANDEL MIT AUSSENWELTLERN.
DIE BERGLEUTE TRANSPORTIEREN IHRE WERTVOLLE WARE MIT RAUMTÜCHTIGEN FRACHTERN, DIE SIE AUS DEN SCHALEN DER RIESENWESPEN VON ITHULL FERTIGEN, ZUM HYPERRAUM-TERMINAL VON STENNESS.
DIE EXOSKELETTE DER GIGANTISCHEN INSEKTEN WERDEN GESÄUBERT UND ABGESCHABT. DANN FÜGT MAN STÜTZBALKEN, NAVIGATIONSCOMPUTER, HYDRAULIKMOTOREN UND DECKS EIN.

DIE UNTERLICHT- UND HYPERRAUMTRIEBWERKE WERDEN, WIE AUCH DIE DEFENSIVBEWAFFNUNG, AUF DER DICKEN GEPANZERTEN HÜLLE MONTIERT.
IN DER GANZEN GALAXIS GIBT ES KEINE ÄHNLICHEN FRACHTSCHIFFE!
ZUM LEIDWESEN DER NESSIES HABEN PIRATEN RAUMER MIT WAFFENSYSTEMEN KONSTRUIERT, DIE DIE DICKE SCHUTZHÜLLE DER ITHULL-ERZFRACHTER DURCHDRINGEN KÖNNEN.

ERZPIRATEN, CAPTAIN GRUNA! SIE HABEN AUF DER HÜLLE ANGEDOCKT!
WO IST UNSERE ESKORTE?
ICH HABE DEM HUTT EIN VERMÖGEN BEZAHLT, DAMIT ER UNS SCHÜTZT!
EIN HUTT-BOSS NAMENS GROSSER BOGGA BEHERRSCHT DIE UNTERWELT IN DIESER REGION DES ALLS...
BOGGA ENTTÄUSCHT SEINEN KLIENTEN, CAPTAIN GRUNA, NICHT.
DIE MODERNEN SCHIFFE DER HUTT-SCHUTZMACHT GREIFEN DIE PIRATEN OHNE WARNUNG AN.
DREEBO AN ENFORCER ONE... DIE ERZSAUGER GEBEN FERSENGELD.
ICH VERFOLGE SIE!

DIE WISSEN WOHL NICHT, DASS EIN HUTT RACHSÜCHTIG IST!
ENFORCER ONE AN TAKTISCHE WACHE ... SCHNAPPT SIE EUCH, DREEBO! WIR GEBEN EUCH DECKUNG!
ABER DREEBO ZÄHLT NICHT ZU BOGGAS BESTEN LEUTEN.
ALLE SCHÜSSE GEHEN FEHL ...
... UND DIE NEUEN PIRATENSCHIFFE KÖNNEN ES MIT DEN HUTT-PATROUILLEN AUFNEHMEN!
TH-WHOOOOM

AN BORD DES PIRATENSCHIFFS STARJACKER NIMMT KAPITÄN FINHEAD STONEBONE DIE GUTE NACHRICHT VON SEINEM CHEFKANONIER ENTGEGEN ...
WIR HABEN DAS LETZTE BEGLEITSCHIFF GETROFFEN, FINHEAD.
GUT GEMACHT, C`BORP! SAUGT DAS ERZ AUF!
BEVOR DER HUTT ES MITBEKOMM SIND WIR SCHON AUF DER ANDEREN SEITE DER GALAXIS!

NACHDEM DIE RAUMPIRATEN DIE KAMPFESKORTE AUSGESCHALTET HABEN, MACHEN SIE SICH WIE HUNGRIGE MÜCKEN ANS WERK.
IHRE SCHIFFE FAHREN LANGE RÜSSEL AUS, DIE DIE HÜLLEN DER GROSSEN ERZFRACHTER DURCHDRINGEN.

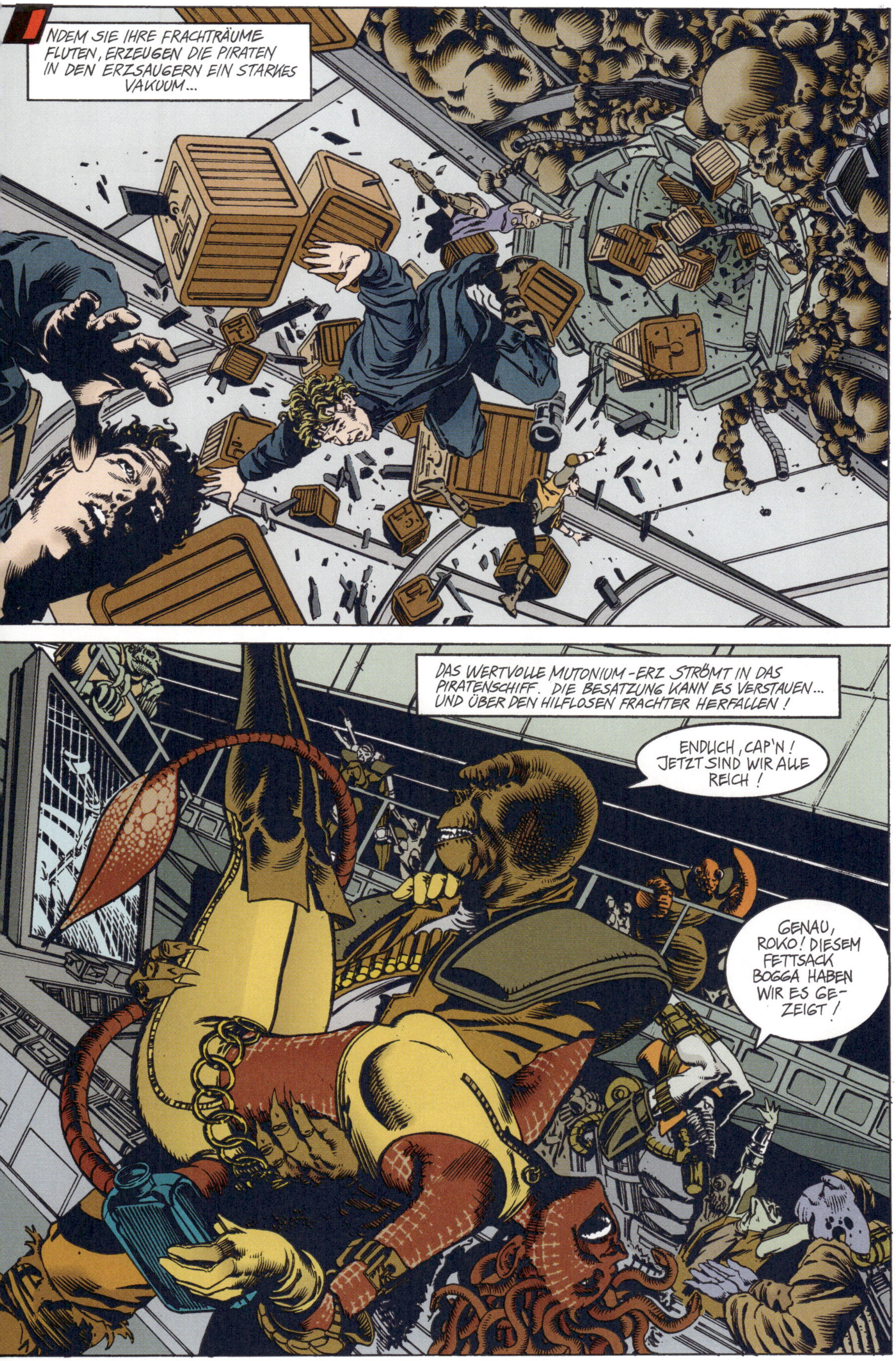
INDEM SIE IHRE FRACHTRÄUME FLUTEN, ERZEUGEN DIE PIRATEN IN DEN ERZSAUGERN EIN STARKES VAKUUM...
DAS WERTVOLLE MUTONIUM-ERZ STRÖMT IN DAS PIRATENSCHIFF. DIE BESATZUNG KANN ES VERSTAUEN... UND ÜBER DEN HILFLOSEN FRACHTER HERFALLEN!
ENDLICH, CAP'N! JETZT SIND WIR ALLE REICH!
GENAU, ROKO! DIESEM FETTSACK BOGGA HABEN WIR ES GE-ZEIGT!

CAP'N FINHEAD! ETWAS GROSSES HAT UNS IN EINEM TRAKTORSTRAHL!
WAS?
DIE FREUDE WAR VERFRÜHT. DER GROSSE BOGGA VERLÄSST SICH NICHT NUR AUF ENTBEHRLICHE SÖLDNER, UM SEINE KLIENTEN ZU SCHÜTZEN...!
ER HÄLT SEINEN WAHREN TRUMPF IN RESERVE... DAS MÄCHTIGE SCHLACHTSCHIFF ENFORCER ONE.

MIT BEIDEN PIRATENSCHIFFEN IN SICHEREM SCHLEPPTAU, NIMMT DER RIESIGE RAUMER KURS AUF BOGGAS PRIVATMOND, DER DEN PLANETEN TABOON UMKREIST...
NLEK STATU... HOLT DIE DIEBE AUF DECK !
WAS IST LOS ? H BIN NUR EIN HRLICHER PIRAT, DER EINEN LEBENSUN- TERHALT VERDIENEN WILL !
DIE MANNSCHAFT DES SCHLACHTSCHIFFS IST SKRUPEL-LOS... KLAATU, WEEQUAYS, NIKTOS UND BARADAS. DIE FETTEN UND PLUMPEN HUTTS SETZEN DIESES GEWALTTÄTIGE PACK SCHON SEIT LANGEM EIN.
CHA JACTA! IHR WERDET EUCH VOR BOGGA VERANT-WORTEN!
EK NETH HUTTA!
D-DER HUTT? WOVON SPRECHT IHR ?
GIBT KEINEN HUTT IN DIESEM SYSTEM!
NUDD TCHAA! FALSCH, WARZENKOPF... GROSSER BOGGA IST BANDENBOSS DER STENNESS-WELTEN...
...UND ER WIRD SICH WIRKLICH FREU-EN, EUCH ZU SE-HEN!

MITTLERWEILE, AUF AMBRIA ...
GUDBS BLASTER HAT DIR ÜBEL MITGESPIELT, DREIDEE.
BRAUCHTE MONATE, UM DICH WIEDER HINZUBEKOMMEN!
OSS WILUM ... WARUM LEBT MEISTER THON AUSGERECHNET HIER, IN DIESEM ÖDEN LAND?
WEIL ER SICH AUF DIE PROBE STELLEN WOLLTE.
AMBRIA IST EINE WELT DER DUNKLEN SEITE.
... UND ALS THON DIE ENERGIEN DER DUNKLEN SEITE IN DIE WILDNIS ZURÜCKGETRIEBEN HATTE, ENTSCHLOSS ER SICH, ZU BLEIBEN!
WIE ... LANGE KENNST DU MEISTER THON SCHON?
IST ER ... WIRKLICH SO WEISE, WIE MAN SAGT?
ER MACHT MIR ANGST.
BIN SEIT FÜNF JAHREN BEI IHM.
ER LEHRTE MICH DEN UMGANG MIT DEM LICHTSCHWERT UND DER MACHT ... GAB MIR INNERE KRAFT.
BITTE PASSEN SIE AUF, WAS SIE TUN, MASTER WILUM!
SIE SIND NUR MILLIMETER VON MEINEN EMPFINDLICHSTEN SERVOS ENTFERNT!

THON IST DER BESTE JEDI-MEISTER, DEN ICH KENNE.
Hmmm. DURCHGESCHMORTER DICHTE-EMITTER.
OJE ... DAS IST FATAL, NICHT WAHR?
KEIN PROBLEM... ICH UMGEHE DEN EMITTER UND SCHLIESSE DEN KONTAKT DIREKT AN DEN SEKUNDÄREN INTEGRATOR AN.
ICH MUSS DICH WARNEN, NOMI. THON KANN EINEM MANCHMAL ANGST MACHEN.
ER VERLANGT EINEM ALLES AB!
TJA... WENIGSTENS BIST DU DA...
WENN ES MIR SCHLECHT GEHT, KANN ICH MIT JEMANDEM REDEN...
OH... HABE ICH ES NICHT GESAGT? ICH GEHE FORT!
„DESHALB HAT DIESER TWI'LEK MEISTER THON AUFGESUCHT...“
„AUF DER ANDEREN SEITE DER GALAXIS FINDET EIN KAMPF MIT DER DUNKLEN SEITE STATT...“
„WENN THON EINVERSTANDEN IST, WERDE ICH MEISTER ARCA UND SEINEN SCHÜLERN HELFEN...“
„ULIC QEL-DROMA UND SEIN BRUDER CAY... UND DER TWI'LEK-JEDI TOTT DONEETA!“

OSS WILUM! HOL DEIN LICHTSCHWERT! WIR BRECHEN SOFORT NACH ONDERON AUF!
MEISTER THON HAT EINGEWILLIGT, SEINEM FREUND, MEISTER ARCA, GEGEN DEN FREEDON-NADD-AUFSTAND ZU HELFEN.
NARRF.
MNRR NLFA...RRD FNA! NKAPLE SGG, J'DI.
FR'DN N'DD NR J'DI CRZ NLE CHROKK NTTH MLL S'TH.*
* „ES IST EINE ZEIT GROSSER PRÜFUN GEN... FÜR UNS ALLE. DIE JEDIS MÜS IHRE STÄRKE BEWEISEN. FREEDON N WAR EIN JEDI, DER VON DEN DUN LEN LORDS DER SITH VERFÜHRT WURDE
OSS WILUM BEENDET DIE REPARATUR DES DROIDEN... ERNEUT ZIEHT EIN JEDI-RITTER IN DEN KRIEG... UND NOMI SUNRIDER UND IHRE TOCHTER BLEIBEN ZURÜCK.
ABER DIESMAL IST NOMI NICHT ALLEIN.

IRGENDWO IN DEN STENNESS-WELTEN...
DAS SCHWERE SCHLACHTSCHIFF ENFORCER ONE BRINGT FINHEAD STONEBONE UND SEINE PIRATEN ZUM HUTT AUF DESSEN PRIVATMOND...
DIE WANNA WANGA?
ÖFFNE! ICH HABE GEFANGENE FÜR DEN GROSSEN BOGGA!

WIE ALLE HUTT-BAUTEN IN DER GALAXIS ZIEHT AUCH BOGGAS FESTUNG GESINDEL UND ABENTEURER AN, DEN MENSCHLICHEN UND AUSSERIRDISCHEN ABSCHAUM DER GALAKTISCHEN ZIVILISATION.
DER GROSSE BOGGA, DER ANDUR SUNRIDERS TOD BEFOHLEN HAT, HOCKT GEMÜTLICH AUF SEINEM THRON, TÄTSCHELT SEINEN VERTRAUTEN VON DER DUNKLEN SEITE UND ERMAHNT SEINE LAKAIEN.
KWA DA BADDA! DU HAST VERSPROCHEN, MIR DIESE ADEGAN-KRISTALLE ZU BRINGEN.
WO SIND SIE?
ICH BIN SEHR ENTTÄUSCHT VON DIR, GUDB!
T-TUT MIR LEID, BOSS. ICH ARBEITE NOCH DARAN.
WIR BESCHAFFEN SIE DIR. ICH GARANTIERE ES.
HOFFENTLICH. SONST MÜSSTE ICH KTRISS AUF DICH HETZEN.
SIEHST DU, WIE SIE IN DEINER NÄHE IMMER SABBERT?

O GROSSER UND GUTGEBAUTER BOGGA!
DEIN SÖLDNER GRIMORG IST MIT GEFANGENEN EINGETROFFEN!
NE CHUTTA! FÜHRT SIE HEREIN!
ZURÜCK, DU UNGETÜM! SKRITCH MACHT KURZEN PROZESS MIT DIR, WENN ICH ES IHM BEFEHLE!
FSSSNNARRLL

KARIBU UTA GRIMORG. TE WANGA!
WAS HABT IHR MIR GEBRACHT?
ERZDIEBE, GROSSER BOGGA. SIE HABEN UNSEREN FREUNDEN, DEN NESSIES, MUTONIUM GESTOHLEN!
HE...VORSICHT, KRÖTE! ICH HABE AUCH FREUNDE!

DUKA NE ZANGA! DIESER PIRAT FINHEAD STONEBONE HAT ALSO UNSEREN FREUND, CAPTAIN GRUNA, ANGEGRIFFEN!
TUT MIR LEID, EURE ERHABENHEIT! WIE SOLLTE ICH DENN AHNEN, DASS DIE NESSIES FÜR EUREN SCHUTZ ZAHLEN?
ICH WUSSTE NICHT MAL, DASS EIN HUTT IN DIESEM SYSTEM IST. WEISST DU WAS...
CHA JACTA! KLAPPE, DU VERLOGENER SCHMAROTZER! DU SPRICHST NUR, WENN DER GROSSE BOGGA DICH ETWAS FRAGT!
NORMALERWEISE WÜRDE EIN INSEKT WIE DU, DAS GEGEN BOGGAS GESETZ VERSTOSSEN HAT, NIE WIEDER DIE SONNE SEINER HEIMATWELT SEHEN...
ABER DER GROSSE BOGGA WIRD AUCH „DER GNÄDIGE" GENANNT, UND ZWAR AUS GUTEM GRUND.
ICH HABE NUR EINEN FEIND, DEM ICH NICHT VE GEBEN KANN.
EIN NIEDRIGES TIER, DAS ES WAGT, SICH „MEISTER THON" ZU NENNEN.
DIESER SOGENANNTE JEDI HAT ETWAS KOSTBARES, DAS RECHTMÄSSIG BOGGA GEHÖRT!

CHO CHN ONRR ITHEALH J'DI!
DU WIRST ADEGAN-KRISTALLE NEHMEN UND DEIN ERSTES LICHT-SCHWERT SCHMIEDEN.
OMI SUNRIDER BETRACHTET IHREN LEHRER UND STELLT ETWAS SELTSAMES FEST: WENN ER IN SEINER TIERZUNGE SPRICHT, VERSTEHT SIE JEDES SEINER WORTE!
ICH WEISS, ICH MUSS DAS LEBEN EINER JEDI ERGREIFEN ...UND ICH WERDE ES TUN.
ABER ICH WERDE NIE WIEDER EIN LICHTSCHWERT BE-RÜHREN.
EIN LICHTSCHWERT WÜRDE MICH NUR AN DEN TOD MEINES MANNES ERINNERN...
... UND AN DIE SCHRECKLI-CHE RACHE, DIE ICH ÜBER SEINE MÖRDER BRACHTE.
DAS WAR KEINE RACHE. DAS WAR SELBST-VERTEIDIGUNG. DAS WAR GERECHTIGKEIT.
DU HAST BEREITS EINE GROSSE NATÜRLICHE BEGABUNG IM UMGANG MIT DEM LICHTSCHWERT BE-WIESEN.
ABER DU, MEISTER THON, TRÄGST AUCH KEIN LICHTSCHWERT!
SOLANGE ICH KEIN LICHTSCHWERT SCHWINGEN MUSS, WERDE ICH MICH VON DIR UNTERRICHTEN LASSEN.
WIR WERDEN SEHEN. ICH GLAUBE, DAS LICHT-SCHWERT IST DEIN SCHICKSAL.
PACK ETWAS ZU ESSEN EIN. WIR GEHEN ZU DEN HÜGELN. ICH ZEIGE DIR MEINE WUNDERSCHÖNE WELT.
NIMM DEINE TOCHTER MIT. AUCH SIE IST MEINE SCHÜLERIN.

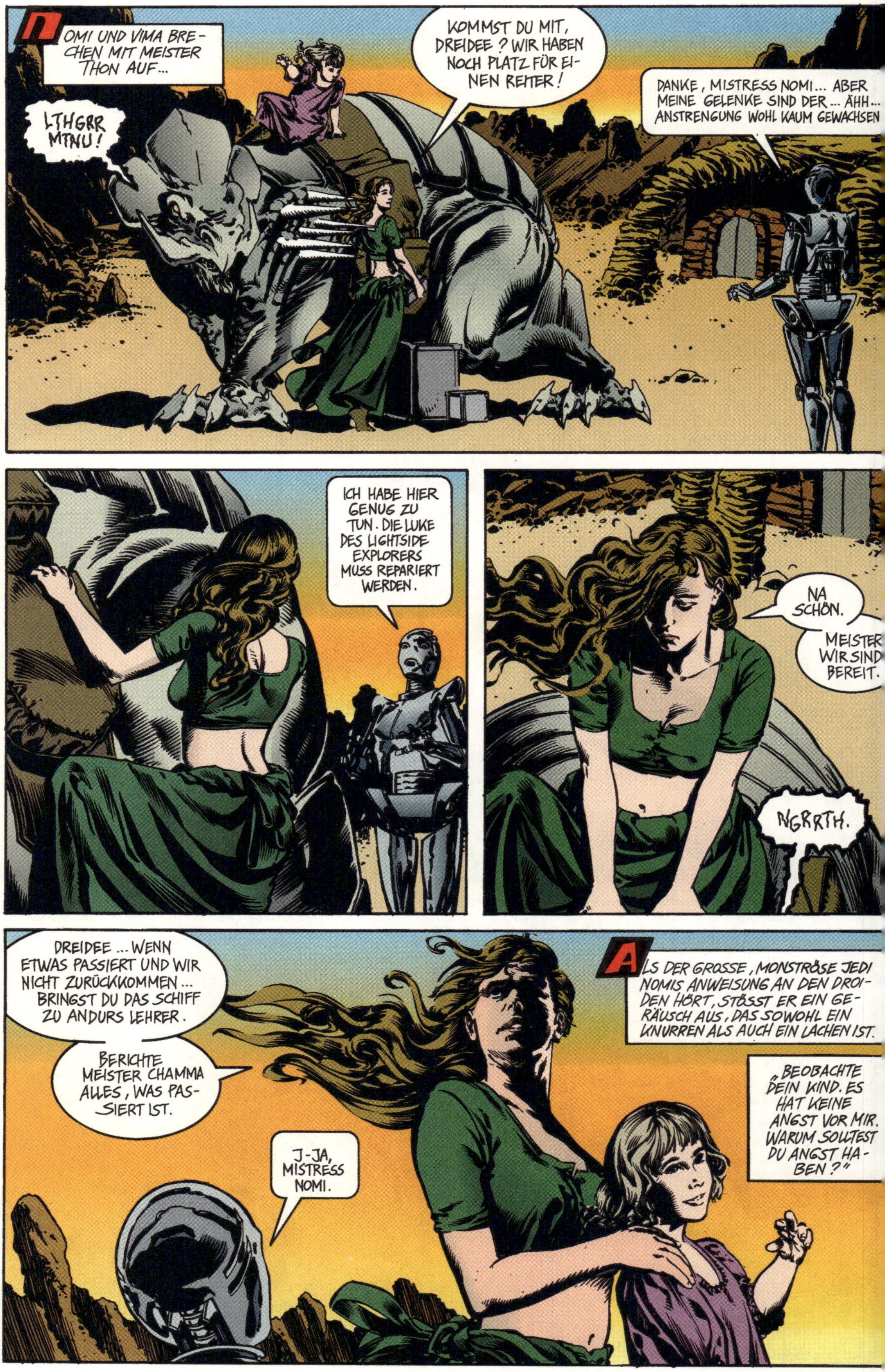
NOMI UND VIMA BRECHEN MIT MEISTER THON AUF...
LTHGRR MTNU!
KOMMST DU MIT, DREIDEE? WIR HABEN NOCH PLATZ FÜR EINEN REITER!
DANKE, MISTRESS NOMI... ABER MEINE GELENKE SIND DER... ÄHH... ANSTRENGUNG WOHL KAUM GEWACHSEN
ICH HABE HIER GENUG ZU TUN. DIE LUKE DES LIGHTSIDE EXPLORERS MUSS REPARIERT WERDEN.
NA SCHÖN.
MEISTER WIR SIND BEREIT.
NGRRTH.
DREIDEE... WENN ETWAS PASSIERT UND WIR NICHT ZURÜCKKOMMEN... BRINGST DU DAS SCHIFF ZU ANDURS LEHRER.
BERICHTE MEISTER CHAMMA ALLES, WAS PASSIERT IST.
J-JA, MISTRESS NOMI.
ALS DER GROSSE, MONSTRÖSE JEDI NOMIS ANWEISUNG AN DEN DROIDEN HÖRT, STÖSST ER EIN GERÄUSCH AUS, DAS SOWOHL EIN KNURREN ALS AUCH EIN LACHEN IST.
„BEOBACHTE DEIN KIND. ES HAT KEINE ANGST VOR MIR. WARUM SOLLTEST DU ANGST HABEN?"

NEIN, NICHT MEISTER THON SOLLTE NOMI FÜRCHTEN... SONDERN DEN HUTT, DER IHREN GATTEN ERMORDEN LIESS!
TÖTE DIESEN „MEISTER THON" FÜR MICH, UND ICH WERDE DEINE VERABSCHEUUNGSWÜRDIGEN VERBRECHEN VERGESSEN.
BRINGE MIR DIE ADEGAN-KRISTALLE, UND DU DARFST SOGAR FÜR MICH ARBEITEN.
HAST DU NICHT 'NEN LEICHTEREN JOB FÜR MICH? ZUM BEISPIEL, HUNDERT GANK-MÖRDER UMZUBRINGEN?
NEE... ICH LEG MICH NICHT MIT 'NEM JEDI AN!
HO HAR HO. TROTZIGER NARR! GRIMORG!
BRING EINEN AUS SEINER MANNSCHAFT HER. KTRISS WILL FINHEAD STONEBONE ZEIGEN, WARUM ER DEM GROSSEN BOGGA GEHORCHEN MUSS!
NE TUUTO BOGGA!
FRSSSSSSHNARRLL
CAP'N FINHEAD... WAS SOLL DAS? LASSEN SIE DAS NICHT ZU!
KOMM. WIDERSTAND IST SINNLOS.
DAS VERDERBTE TIER DES HUTTS KNURRT AUFGEREGT BEI DER AUSSICHT AUF EINE BLUTIGE HINRICHTUNG...
FRSSSHARRLLL
SIE SOLLEN AUFHÖREN, CAP'N!

K TRISS ... DAS GESCHÖPF DER DUNKLEN SEITE AUS DEM SEE NATTH ... STRAHLT EINE DÜSTERE KRAFT AUS, DIE DEN GEIST SEINES OPFERS LÄHMT.
CAP'N STONEBONE... HILFE!
FSSSNKRAPPLLL!
TUT MIR LEID, ROKO. ICH WÜNSCHTE, ICH KÖNNTE DIR HELFEN.
DU WARST DER BESTE ERSTE MAAT, DEN ICH JE HATTE.
A LS DIE TÖDLICHEN KIEFER SICH UM ROKOS KOPF SCHLIESSEN, BEGREIFT FINHEAD STONEBONE, DASS ER KEINE ANDERE WAHL HAT, ALS DEM HUTT ZU GEHORCHEN...
ER MUSS DEN JEDI-MEISTER THON FINDEN UND TÖTEN!

HAWR HAWR HAWR. KOBA NA POOTA!
DAS WIRD ERZPIRATEN LEHREN, GROSSEN BOGGA ZU BESTEHLEN.
R-ROKO!

WIRST DU DEM GROSSEN BOGGA JETZT HELFEN, SEINE ADEGAN-KRISTALLE ZU SUCHEN?
GROSSER BOGGA IST MÄCHTIG UND ALLSEITS BEWUNDERT!

FINHEAD STONEBONE, DER NIEDRIGSTE DER DIEBE, WIRD DEN MÄCHTIGEN HUTTS ZU WILLEN SEIN!
ES FREUT MICH, DASS DU RESPEKT GELERNT HAST.
ABER DU SOLLST NICHT **ALLEN** HUTTS DIENEN ... NUR DEM GROSSEN BOGGA.
EINIGE VON UNS GELTEN ALS GRAUSAM ... ABER FRAG ALLE, DIE BOGGA DIENEN ...
BOGGA IST SANFT ... UND FREUNDLICH ZU DENEN, DIE IHM GEHORCHEN.

BRING MIR DIESE SPIELZEUGE ... DANN BIST DU FREI UND KANNST DEINEM GEWERBE NACHGEHEN ... IN ANDEREN SYSTEMEN.
EINMAL IM JAHR KOMMST DU ZU BOGGA UND EMPFÄNGST SEINEN SEGEN.
DABEI DARFST DU GESCHENKE MITBRINGEN.
GROSSE GESCHENKE, KLAR, PIRAT?
JETZT GEH! DEIN GERUCH LÖST BEI KTRISS ÜBELKEIT AUS!
BRING MIR MEINE HÜBSCHEN KRISTALLE ... UND DIE ÜBERRESTE DES JEDI-GESCHÖPFS, DAS SICH „MEISTER THON" NENNT!

IN DIESEM AUGENBLICK BEGINNT MEISTER THON IN DER EXOTISCHEN LANDSCHAFT AMBRIAS MIT NOMI SUNRIDERS JEDI-AUSBILDUNG...
MHOR CHN LCHT RRO. GU BIDNNG SHN FENO RO FHUAR.
GD J'DI CRRN SA TU NAF EUN OA.*
* ES REICHT NICHT, DAS LICHT ZU KENNEN... EIN JEDI MUSS DIE SPANNUNG ZWISCHEN DEN BEIDEN SEITEN DER MACHT FÜHLEN... IN SICH UND IM UNIVERSUM.
DIE DUNKLE SEITE FORDERT UNS HERAUS...ER-PROBT UNS...
SIE ZWINGT UNS, ÜBER UNS HINAUSZU-WACHSEN... WIE HEUTE MORGEN, ALS DU DEIN KIND GERETTET HAST.
OSS WILUM HAT MIR GESAGT, DU HÄTTEST DIESE WELT ERWÄHLT, WEIL HIER DIE DUNKLE SEITE LAUERT.
JA. HIER WAR GROSSE DUNKELHEIT. ICH TRIEB SIE ZURÜCK... IN DEN SEE.
HALTEN WIR AN. HIER KÖNNEN WIR RASTEN UND ESSEN.

MEISTER... GIBT ES DAFÜR KEINEN SICHERE-REN ORT?
HIER HABEN DIE UNGEHEUER MEIN KIND AN-GEFALLEN!
GRNTH. WIE DU WILLST.
MEINE WELT HAT VIELE INTERESSANTE GE-SICHTER. SCHON HIN-TER DEM NÄCHSTEN HÜGEL...
HIER. MEIN LIEBLINGS-ORT, UM IN DER MACHT ZU MEDITIEREN.

DIE MACHT IST TIEFER ALS DIESER ABGRUND UND TAUSENDMAL GEHEIMNISVOLLER.
DIE JEDIS WOLLEN IMMER MEHR VON DER MACHT VERSTEHEN.
MAN KANN DIE MACHT UNTER ANDEREM KENNENLERNEN, INDEM MAN DAS LICHTSCHWERT BEI DER MEDITATION ALS HILFSMITTEL VERWENDET.
DAS LICHTSCHWERT IST NICHT NUR EINE VERTEIDIGUNGSWAFFE... ES LEHRT EINEN, SICH ZU KONZENTRIEREN.
ES HILFT EINEM JEDI, SEINE VERBINDUNG ZUR MACHT ZU FINDEN.
DU MUSST MIT DEN ADEGAN-KRISTALLEN, DIE DU MIR GEBRACHT HAST, EIN LICHTSCHWERT BAUEN!
ES TUT MIR LEID, MEISTER THON. ICH TUE ALLES, WAS DU VERLANGST...
...ABER ICH FASSE KEIN LICHTSCHWERT MEHR AN!
NUN GUT... ERST EINMAL.
WENDEN WIR UNS ANDEREN LEKTIONEN ZU.
ARCA VON ARKANIA WAR SO FREUNDLICH, MIR SEIN HOLOCRON ZU BORGEN...
...EIN SEHR ALTES UND GUTES, DAS SEIT JAHRTAUSENDEN VON EINEM MEISTER AUF DEN ANDEREN ÜBERGEHT.

DER PFÖRTNER DIESES LEHRMITTELS ENTSTAMMT EINER RASSE, DIE SICH AUF DEM PLANETEN MYRKR AUS BÄUMEN ENTWICKELTE.
SEI GEGRÜSST, JEDI. MEISTER ODD BNAR STEHT ZU DIENSTEN.
WAS ERBITTEST DU VOM HOLOCRON?
MEINE SCHÜLERIN UND ICH MÖCHTEN VON DEN ALTEN ZEITEN HÖREN, ALS DIE JEDI-RITTER GEGEN DIE HEERE DER DUNKLEN SEITE KÄMPFTEN.
ES IST GUT, DIESE DINGE ... UND MEHR ... ZU WISSEN.
DIE MACHT IST UNSERE STÄRKE UND ...
... UNSER VERBÜNDETER. SIE WAR IMMER BEI UNS. DAS IST IHRE NATUR. SIE UMGIBT UND DURCHDRINGT UNS.
SIE VERKNÜPFT DAS UNIVERSUM. WER FÜR SIE EMPFÄNGLICH IST, KANN LERNEN, SIE ZU BENUTZEN ... ZUM GUTEN ODER ZUM BÖSEN!

„DAS BÖSE BEGANN LANGE VOR DER GESCHICHTS-SCHREIBUNG, ALS MAGIER SICH ZU KÖNIGEN UND GÖTTERN MACHTEN ... UND DABEI DIE KRÄFTE DER DUNKLEN SEITE DER MACHT BENUTZTEN."
„DIE SCHWACHEN WAREN IMMER BEREIT, JEMANDEM ZU GEHORCHEN, DER GROSSE MACHT HAT."
„UND WER DIE DUNKLE MACHT BEHERRSCHTE, BEUTETE DIESE SCHWÄCHE AUS UND ..."
„... FÜHRTE KRIEG."
„IMMER WIEDER BRANDETE DIE DUNKLE SEITE WIE EIN STURM AUF UND VER-SCHLANG GANZE WELTEN UND SONNENSYSTEME."

„WER DIE DUNKLE KRAFT BEHERRSCHTE, WURDE ZUR DUNKLEN KRAFT."
„NUR DES SELBSTSÜCHTIGEN VORTEILS WEGEN BRACHTEN SIE TOD UND VERNICHTUNG."
„SIE ZERSTÖRTEN NATIONEN... GANZE ZIVILISATIONEN. ES BESCHÄMT MICH..."
„... ABER EINIGE VON IHNEN WAREN JEDIS."

ES IST NICHT BEKANNT, OB ZIVILISIERTE WESEN ... ODER JEDI-RITTER ... DIE DUNKLE SEITE JEMALS GANZ BESIEGEN KÖNNEN.
DAS DUNKEL WAR ... UND WIRD IMMER SEIN.
MEISTER OOD, DIE MEISTER MEINER ZEIT FLÜSTERN VON EINEM GROSSEN KAMPF, DER UNS BEVORSTEHT!
STIMMT ES ALSO? WIRD SICH DIE DUNKLE SEITE IN UNSEREN TAGEN ERHEBEN ... WIE SCHON FRÜHER?
HMNRR...
DIE MEISTER HABEN ES GESAGT: DIE SCHATTEN DER DUNKLEN SEITE WERDEN IN EURER ZEIT AUF DIE GALAXIS FALLEN.
EIN GROSSER KONFLIKT STEHT BEVOR. MÄCHTIGE JEDI-RITTER WERDEN FALLEN.
DIESE JEDI WIRD IN DEN ZUKÜNFTIGEN SCHLACHTEN EINE WICHTIGE ROLLE SPIELEN.
SIE WIRD SEHR MÄCHTIG SEIN ... SIE STRAHLT JETZT SCHON HELL!
MAMA ... DAS GEFÄLLT MIR NICHT!

NCH TCHA. SIEHST DU? MEIN FREUND, MEISTER OOD, PFLICHTET MIR BEI!
DU HAST MIR EIN GESCHENK GEBRACHT. UND ICH HABE EINS FÜR DICH.
DAS IST MEIN LICHTSCHWERT, MIT DEM ICH UNTER MEINEM MEISTER ÜBTE.
HIER... NIMM ES. ES STEHT MEINEM GRÖSSTEN SCHÜLER ZU.
ALS NOMI SUNRIDER DIE JEDI-WAFFE BETRACHTET, ÜBERWÄLTIGEN SIE STARKE GEFÜHLE.
DIE BILDER DES HOLOCRONS WERDEN VON DER ERINNERUNG AN IHREN STERBENDEN GATTEN VERDRÄNGT... UND AN JENE, DIE SIE MIT ANDURS LICHTSCHWERT TÖTETE.
ÜBERWÄLTIGT WENDET SIE SICH VON DEM JEDI-MEISTER AB.
SIE WIRD DIESEN SCHRECKLICHEN ORT VERLASSEN... ZU IHRER HEIMATWELT ZURÜCKKEHREN UND EIN NEUES LEBEN BEGINNEN.
MEISTER THON SCHEINT IHRE GEDANKEN ZU KENNEN...
NGRTH. ICH SAGE DIR EINS, NOMI SUNRIDER. ES GIBT KEINE RÜCKKEHR FÜR DICH.
ES GIBT NUR DAS VORWÄRTSSCHREITEN ODER DIE DUNKELHEIT.

THONS ERNSTE WARNUNG LÄSST NOMI ERSCHAUDERN ... UND MEISTER OODS ERSTAUNLICHE PROPHEZEIUNG HALLT WIE EIN ECHO IN IHREM HERZEN.
VERZWEIFELT WEHRT SIE SICH GEGEN DEN GE-DANKEN, DASS SIE AN DEN BEVORSTEHENDEN GALAKTISCHEN SCHLACHTEN MIT-WIRKEN MUSS.
ABER IN DIESEM AUGENBLICK SCHICKEN SICH DIE EREIGNISSE AN, IHREN INNEREN KONFLIKT ZU ENTSCHEIDEN.
PIRATEN ... UND HUTT-SCHERGEN ... NÄHERN SICH IN EINER BRUTALEN MISSION THONS WELT.

DIE RAUMPIRATEN VERLASSEN IHRE IM TIEFEN ORBIT KREISENDEN SCHIFFE UND FLIEGEN IN BEIBOOTEN ZU MEISTER THONS ANWESEN...
NGRTH.
FEINDE!
ICH HABE MICH GEFRAGT, WIE ICH DICH DAZU BRINGEN KANN, MIT DER AUSBILDUNG AM LICHTSCHWERT ZU BEGINNEN.
ANSCHEINEND WOLLEN MEINE FEINDE MIR DIESE MÖGLICHKEIT VERSCHAFFEN.
SITZ AUF!
NEIN!
SITZ AUF!!
MEISTER THONS BEFEHLE HABEN EINE ZWINGENDE KRAFT...
NOMI SUNRIDERS WIDERSTAND SCHWINDET ERSTAUNLICHERWEISE, UND SIE STÜRMEN ÜBER DIE FREMDARTIGE LANDSCHAFT...
MITTLERWEILE HABEN DIE PIRATEN UND DIE SÖLDNER DES HUTTS THONS BESCHEIDENE HÜTTE GEFUNDEN...
OH... WIE SCHRECKLICH! SIE HABEN MISTRESS NOMI UND DAS KIND BESTIMMT GETÖTET!

DA UNTEN IST NUR EIN BLÖDER DROIDE ... ICH SEH KEINE JEDIS!
DA! DA AUF DEM FELSVORSPRUNG IST DAS TIER!
FEUER FREI!
W-WARUM WOLLEN SIE UNS TÖTEN?
NKSH NTLA... ICH WEHRE IHRE SALVEN MIT DER MACHT AB.
NIMM DAS LICHTSCHWERT AUS DEINER TASCHE. WIR KÄMPFEN BEIDE GEGEN SIE.
ABER DIE KANONENSCHÜSSE HABEN THONS HYPNOTISCHE WILLENSKRAFT GEBROCHEN.
ES TUT MIR LEID. ICH KANN NICHT TUN, WAS DU VERLANGST.
LASS UNS RUNTER...
SO EINE STURE SCHÜLERIN! DAS IST NICHT DIE ZEIT FÜR PHILOSOPHIE...
DEINE ZUKUNFT HAT BEREITS BEGONNEN.
NIMM DAS LICHTSCHWERT!

FEUER EINSTELLEN, LEUTE! DAS TIER WILL SICH ERGEBEN UND UNS DIE KRISTALLE AUSHÄNDIGEN!
DU KENNST DIESE JEDIS NICHT, STONEBONE. SCHIESS WEITER!
WENN DU NICHT DAS LICHTSCHWERT...
... BENUTZEN WILLST, SETZE DEINE JEDI-MACHT EIN ... WIE DAMALS, ALS DU DEINE TOCHTER BESCHÜTZT HAST!
DU BIST VERRÜCKT!
WELCHE MACHT? ICH HABE KEINE MACHT!
DU BIST EIN JEDI-MEISTER! SCHÜTZE UNS! ICH MUSS VIMA RETTEN!
THON IGNORIERT NOMIS PROTEST UND STÜRMT DIREKT AUF DIE MÖRDERISCHEN PIRATEN ZU!
ENTSETZT BEREITET NOMI SICH DARAUF VOR, MIT VIMA VON IHM ABZUSPRINGEN ...

NGH TSUN GTTAK!
NUN GUT... LAUF DAVON. BRING DEIN KIND IN SICHERHEIT!
WENIG-STENS WIRD SIE EINE GROSSE JEDI SEIN.
WENN THONS LEHRLING KEINE MACHT HAT, HAT THON AUCH KEINE.
SKON ULDN KNRR! DIESE BEGEGNUNG NEHME IHREN VERLAUF!
DIE FRAU FLIEHT! KNALL IHR EINEN SCHUSS VOR DEN BUG!
HIERHER, MISTRESS NOMI! DIESER FELS WIRD UNS SCHÜTZEN!

WIR MÜSSEN HIER WEG, DREIDEE!
IST DIE LIGHTSIDE EXPLORER BEREIT?
JA, MISTRESS. ICH HABE DIE LUKE REPARIERT.
ABER DIE RAUMPIRATEN SIND ZWISCHEN UNS UND DEM SCHIFF!
DA... SIE NEHMEN MEISTER THON GEFANGEN!
ER GIBT KAMPFLOS AUF!
ALS MEISTER THON SICH SEINEN FEINDEN ERGIBT, VERSPÜRT NOMI PLÖTZLICH REUE...
EIN WEITERER JEDI-RITTER WIRD STERBEN ...UND ERNEUT KANN SIE NICHTS TUN, UM ES ZU VERHINDERN...
DANN HÖRT NOMI IN IHREM GEIST THONS LETZTE ERMAHNUNG...
WENN DU NICHT DAS LICHTSCHWERT BENUTZEN WILLST, SETZE DEINE JEDI-KRAFT EIN.
WAS HAT ER GEMEINT?
WELCHE JEDI-KRAFT?

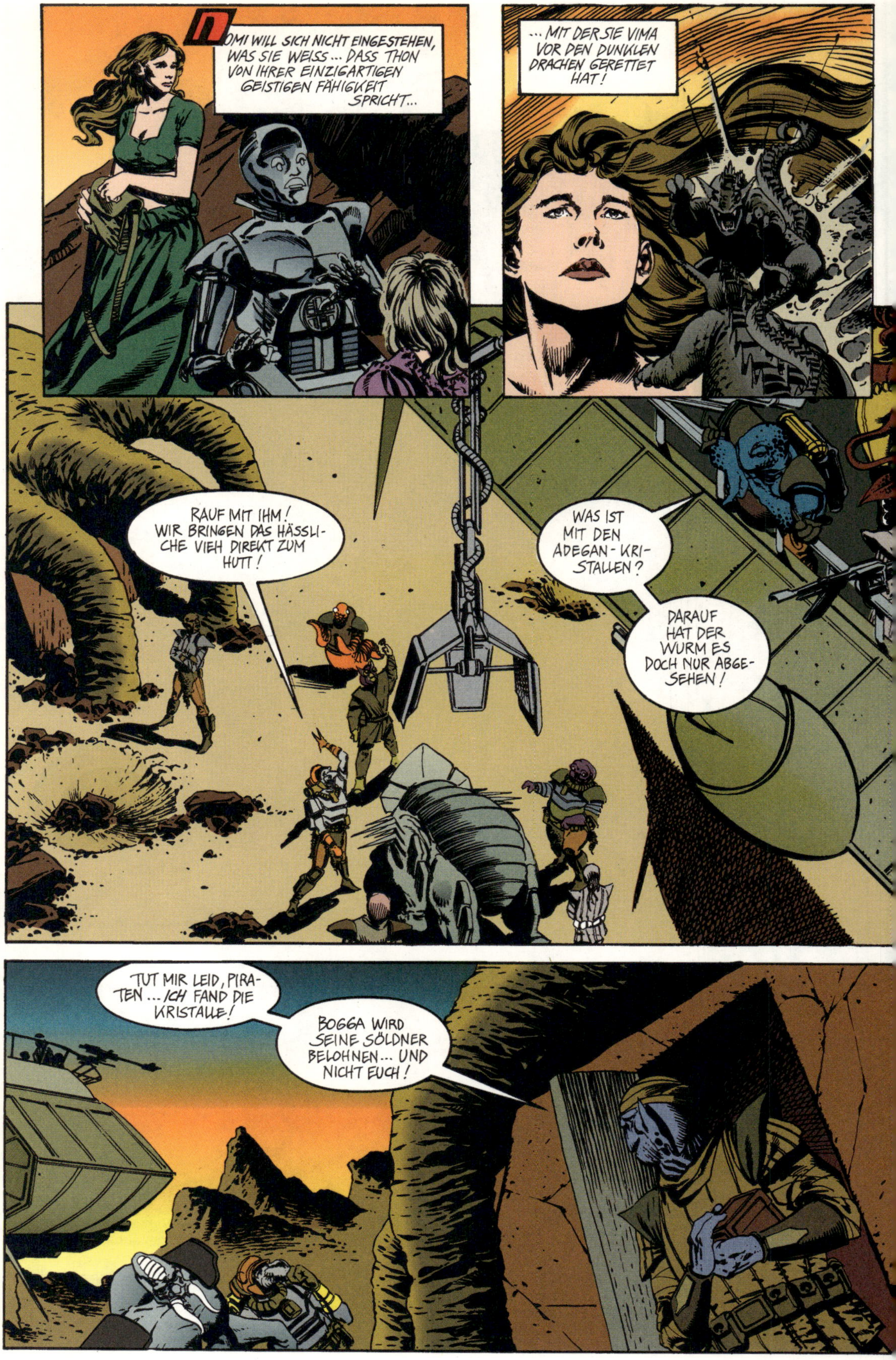
NOMI WILL SICH NICHT EINGESTEHEN, WAS SIE WEISS ... DASS THON VON IHRER EINZIGARTIGEN GEISTIGEN FÄHIGKEIT SPRICHT...
... MIT DER SIE VIMA VOR DEN DUNKLEN DRACHEN GERETTET HAT!
RAUF MIT IHM! WIR BRINGEN DAS HÄSSLICHE VIEH DIREKT ZUM HUTT!
WAS IST MIT DEN ADEGAN-KRISTALLEN?
DARAUF HAT DER WURM ES DOCH NUR ABGESEHEN!
TUT MIR LEID, PIRATEN ... ICH FAND DIE KRISTALLE!
BOGGA WIRD SEINE SÖLDNER BELOHNEN ... UND NICHT EUCH!

IN DIESEM AUGENBLICK RICHTET NOMI SUNRIDER IHRE GEDANKEN AUF DIE MACHT...
DIE MACHT, DIE ALLES VERKNÜPFT...
...UND DEN GEIST BEEINFLUSSEN KANN.
INDEM EIN JEDI DEN ERWÜNSCHTEN AUSGANG EINER SCHLACHT VISUALISIERT, BEEINFLUSST ER DAS FELD DER MACHT, DAS ALLE EREIGNISSE UMGIBT.
ICH BEFEHLIGE DIESE MISSION! GIB DIE KRISTALLE HER!
GIB SIE FNNBU! ICH BEWACHE SIE FÜR DEN HUTT! ICH BIN DER STÄRKSTE!
ZURÜCK! ICH ARBEITE FÜR DEN GROSSEN BOGGA. IHR SEID NUR PIRATENABSCHAUM!
DER FETTE HAT MICH BEAUFTRAGT, DIE KRISTALLE ZU HOLEN... NICHT EUCH!
HER MIT IHNEN, NIKTO...
ICH BRINGE BOGGA DIE KRISTALLE... ODER ICH BEHALTE SIE VIELLEICHT!
FNNBU! WAS...?
TUT MIR LEID, CAP'N! DIE KRISTALLE GEHÖREN DEN ZEXX!
NE VUTA! DAFÜR WIRST DU BEZAHLEN!
SÖLDNER! ZERQUETSCHT DIESE MADEN!

KEINER DER SCHURKEN AHNT, DASS IHRE GEWALTTÄTIGEN REGUNGEN VON NOMIS BESONDERER BEGABUNG BEEINFLUSST WERDEN.
SOLCHE VERBRECHER WENDEN SICH SCHNELL GEGENEINANDER ... DIE PIRATEN VERGESSEN SOGAR IHRE PFLICHTEN GEGENÜBER KAPITÄN FINHEAD STONEBONE!
ABER THON WEISS, DASS SEINE SCHÜLERIN IHRE BERUFUNG GEFUNDEN HAT.
ND TCHA. NA LOS, FESSELT MICH.
EINE JEDI WIRD MICH BEFREIEN.
MISTRESS NOMI ... JETZT KÖNNEN WIR ES ZUM SCHIFF SCHAFFEN!
KÜMMERE DICH UM VIMA, DREIDEE.
ICH ... MUSS NOCH ETWAS ERLEDIGEN.

NOMI ZÖGERT, ALS SIE DAS GEWICHT DES TÖDLICHEN LICHTSCHWERTS IN IHRER HAND FÜHLT.
SIE GREIFT MIT IHREN GEFÜHLEN NACH MEISTER THON.
MEISTER... MUSS ICH DIESE WAFFE ERNEUT BENUTZEN?
NGRRTH.
DAS LICHTSCHWERT IST DIE WAFFE DER JEDIS.
DU BIST EINE JEDI.
DAS ALTE SCHWERT ZÜNDET.
DER LEHRLING FÜHRT SEINE LEUCHTENDE KLINGE.
IHRE KAMPF-MEDITATION WIRD VERSTÄRKT.
SIE SIEHT NICHT MEHR DIE SCHRECKEN DER VERGANGENHEIT... SONDERN DIE PRÜFUNGEN DER ZUKUNFT.
NOMI SUNRIDER TRIFFT IHRE WAHL.
NA SCHÖN. DU GEWINNST, MEISTER THON.

ALS NOMI DEM MOB ENTGEGENTRITT, RICHTEN DIE PIRATEN UND SÖLDNER IHREN ZORN AUF SIE.
SIE WILL DAS TIER BEFREIEN!
NEIN! SIE WILL DIE KRISTALLE!
SIE IST AUCH EINE JEDI. TÖTET SIE!
SEKUNDEN SPÄTER DURCHTRENNT NOMIS LICHTKLINGE MANDALORISCHE HANDFESSELN...
NGRTH. JEDI.

BOGGA WIRD DRACHENFUTTER AUS UNS MACHEN!
WIR MÜSSEN ALLE BEIDE TÖTEN!
MEISTER ... SIE HABEN NOCH NICHT GENUG!
JETZT WERDEN WIR GEMEINSAM KÄMPFEN. ALS MEISTER UND SCHÜLERIN!
ALS NOMI EINEN WIDERSACHER NACH DEM ANDEREN TÖTET, ENTFESSELT THON STARKE ENERGIEWELLEN DER MACHT...
... UND DIE PIRATEN UND DIE SÖLDNER FLIEHEN VOR EINER KRIEGERIN UND EINEM TIER...
TCH ... LASS SIE GEHEN.

...DER HUTT WIRD IHRE ERNIEDRIGUNG VERVOLLSTÄNDIGEN.
ICH HAB IHM DOCH GESAGT, ICH LEG MICH NICHT MIT JEDIS AN!
ICH HÄTTE AUF MICH HÖREN SOLLEN!
JEDER JEDI-MEISTER HAT SEINE EIGENE UNTERRICHTSMETHODE. THON KÄMPFT GERN DIREKT GEGEN DAS BÖSE.
NGRTH. NIEMAND WILL FEINDE.
ABER FEINDE KÖNNEN NÜTZLICH SEIN. SIE ZWINGEN UNS, ÜBER UNS HINAUSZUWACHSEN ...MUT ZU FINDEN.